蔡東藩 著

明史演義

從討平鄖陽至火毀行宮

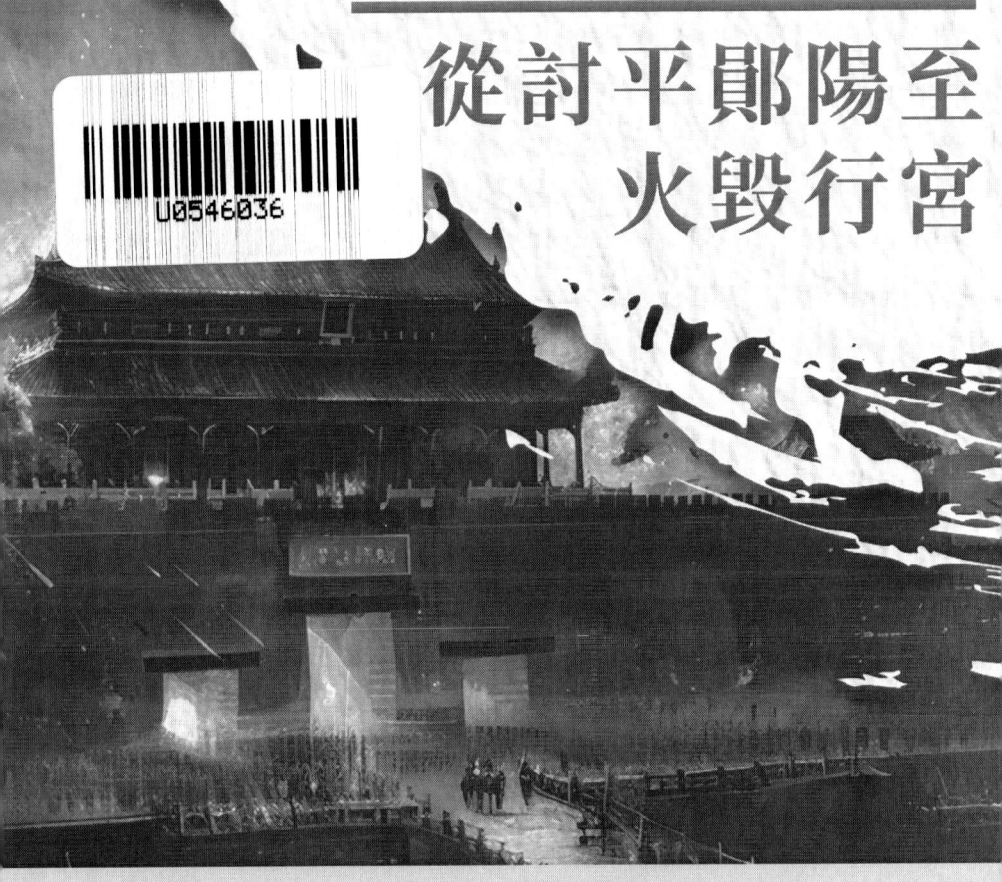

一朝綱紀出中官，腐豎刑餘慣作奸。
抗疏甫陳嚴譴下，忠臣空自貢心丹。

小人日多，君子日少，內嬖近臣，互相煬蔽，
於是中知之主，往往為所蠱惑！

目錄

第四十一回　白圭討平鄖陽盜　韓雍攻破藤峽瑤 …… 005

第四十二回　樹威權汪直竊兵柄　善譎諫阿丑悟君心 …… 017

第四十三回　悼貴妃促疾亡身　審聶女秉公遭譴 …… 029

第四十四回　受主知三老承顧命　逢君惡八豎逞讒言 …… 041

第四十五回　劉太監榜斥群賢　張吏部強奪彼美 …… 053

第四十六回　入檻車叛藩中計　縛菜廠逆閹伏辜 …… 065

第四十七回　河北盜橫行畿輔　山東賊畢命狼山 …… 077

第四十八回　經略西番鎮臣得罪　承恩北闕義兒導淫 …… 089

第四十九回　幸邊塞走馬看花　入酒肆遊龍戲鳳 …… 101

目錄

第五十回　覓佳麗幸逢歌婦　罪直諫杖斃言官 ……111

第五十一回　豢群盜寧藩謀叛　謝盛宴撫使被戕 ……121

第五十二回　守安慶仗劍戮叛奴　下南昌發兵征首逆 ……133

第五十三回　伍文定縱火擒國賊　王守仁押俘至杭州 ……143

第五十四回　教場校射技擅穿楊　古沼觀漁險遭滅頂 ……155

第五十五回　返豹房武宗晏駕　祭獸吻江彬遭囚 ……167

第五十六回　議典禮廷臣聚訟　建齋醮方士盈壇 ……177

第五十七回　伏朝門觸怒世宗　討田州誘誅岑猛 ……189

第五十八回　胡世寧創議棄邊陲　邵元節祈嗣邀殊寵 ……201

第五十九回　繞法壇迓來仙鶴　毀行宮力救真龍 ……213

第六十回　邁宮變妃嬪罹重闈　跪榻前父子乞私情 ……223

第四十一回　白圭討平鄖陽盜　韓雍攻破藤峽瑤

卻說憲宗即位以後，宮闈中的情事，前回已略見一斑，其間有荊襄盜賊，湘粵苗猺，平涼叛酋，亦時常出沒往來，屢為民患。明廷亦發了好幾次兵馬，遭了好幾回將帥，總算旗開得勝，漸漸敉平，小子亦不能含糊說過，只好一一敘明。荊襄上游為鄖陽，地界秦、豫、楚三省，元季流賊嘯聚，終元世不能制。洪武初，衛國公鄧愈，出兵往討，始得剿洗一空。怎奈是地多山，箐深林密，官軍凱旋，流寇復聚。起初還不敢出頭，到了成化元年，適遇年歲饑荒，流民日聚，遂鬧出一場亂案來了。內中有個頭目，姓劉名通，力能舉千斤石獅子，綽號叫做劉千斤。劉千斤有個同伴，本名石龍，綽號叫做石和尚。兩人糾集黨羽數萬，占據梅溪寺，高揭黃旗，推劉千斤為漢王，建元德勝，以石和尚為謀主，四出劫掠。無非明火執仗的強盜，安能成大偽署將軍元帥數十人，

第四十一回　白圭討平鄖陽盜　韓雍攻破藤峽瑤

事？指揮陳昇等，帶了數千人馬，前去征剿，反被他四面夾攻，殺得片甲不回。明廷接著警報，方知賊勢猖獗，非同小可，乃命撫寧伯朱永，為討賊總兵官，兵部尚書白圭，提督軍務，方知賊勢猖獗，太監唐慎、林貴為監軍。處處不脫太監，我實不懂。別令湖廣總督李震，副都御史王恕，會同三路兵馬，直搗賊巢。白圭到了南陽，偵悉劉千斤等，在襄陽房縣豆沙河等處，分作七寨，據險自固，遂擬用四路進軍，一自安遠入，一自房縣入，一自谷城入，犄角並進，互相策應。當下拜表奏聞，朝旨俞允，遂自率大軍出南漳，派偏將林貴、鮑遠等出安遠，喜信、王信等出房縣，王恕率指揮劉清等出谷城。總兵官朱永有疾，留鎮南陽。東西南北四路兵馬，浩浩蕩蕩，殺奔賊寨。劉千斤自恃力大，親來抵截大軍。白圭用誘敵計，引劉千斤至臨城山中，猝發伏兵，左右夾攻，殺得他七顛八倒。劉千斤奪路逃脫，方知官軍厲害，千斤之力，不足恃了。意欲從壽陽竄出陝西，不意到了壽陽，已有官軍截住，為首的統兵大將，系是明指揮田廣，扼住山口，俟諸軍陸續到來，一路殺入，人人奮勇，個個爭先，當時格斃劉千斤子劉聰，及偽都司苗虎等一百餘人。劉千斤退保後巖，山勢愈峻，天又下雨，泥濘難行。適尚書白圭親至，身先士卒，麾兵直進。山上的木石，如雨點般擲將下來，破頭碎額，不計其

006

數。白圭命劉清率千餘騎，從間道繞出賊後，一面率諸軍從前攻入。劉千斤率賊數萬，迎頭抵拒，只管前面，不管後面，方在酣戰的時候，突聞後面喊聲大震，鼓角齊鳴，各賊返身一顧，但見滿山是火，煙焰沖天，不由的魂膽飛揚，紛紛亂竄。怎奈山路崎嶇，七高八低，越性急，越踏空，墜崖墮澗，跌死過半。此外逃避不及的，統作刀頭之鬼，劉千斤尚提著大刀，左右飛舞，官兵數百人上前，尚不能挨近身軀，反被他劈死數十人，嗣經強弩四射，面中數創，方大吼一聲，倒在地上。各軍一擁上去，把他攙住，用了最粗的鐵鏈，纏住他身，才覺動彈不得，一任扛抬而去。唯石和尚、劉長子二人，亦一併擒住，因解京師，眼見得是照叛逆例，磔死市曹了。恃勇無益。還有苗龍等四十人，越山遁去，轉掠四川，招集敗眾，屯匿巫山。各軍進逼，合圍月餘。石和尚在巢穴內，糧食俱盡，當由指揮朱英，奉白圭命，誘招劉長子，令他縛石和尚，解送軍前。劉長子沒法，遂將石和尚拿下，送交喜信營。喜信將石和尚打入囚車，佯慰劉長子，命誘執劉千斤妻連氏，及偽職常通、王靖、張石英等，六百餘人。至諸人一一誘到，竟變過了臉，也把劉長子一併就縛，奏凱還朝。石和尚、劉長子磔死，餘犯盡行斬首，荊、襄告平。朱永封伯，白圭進太子少保，餘將各加官進祿。只指揮張英，為諸將所忌，進讒朱永，說他受賄，被永搥死，真所謂冤沉地下呢。朱永坐享成功，反搥死首功張英，可

第四十一回　白圭討平鄖陽盜　韓雍攻破藤峽瑤

嘆可恨。這是成化二年間事。

後至成化六年，劉千斤餘黨李鬍子，復糾合小王洪、石歪膊等，往來南漳、內鄉、渭南間，復集流民為亂，偽稱太平王，立一條蛇、坐山虎等綽號。官軍累捕不獲，再命都御史項忠，總督河南、湖廣、荊、襄軍，四面兜剿，擒李鬍子於竹山縣，擒小王洪等於鈞州尤潭，俘斬二千人，編成萬餘人，遣還鄉里，共四十萬人。內中有許多流民，未嘗為惡，亦不免玉石俱焚，棄屍江滸。項忠且自詡功績，豎平刑、襄碑，或呼為墮淚碑，實是冷嘲熱諷的意思。比羊祜墮淚碑何如？又越六年，經都御史原傑，經略鄖陽，就地設府，墾荒田，編戶籍，人國樂業，閭境帖然。傑勞苦成疾，奉旨召還，竟在驛舍中逝世。鄖民聞訃，無不泣下，這且擱過不提。

且說荊、襄未平的時候，廣西大藤峽苗瑤，亦嘯聚為亂，湖南、靖州苗，群起響應。右都督李震，受命討靖州苗，連破八百餘寨，威振西南。苗猺呼為金牌李，不敢復反。唯大藤峽在廣西潯州境內，萬山盤曲。有一大藤橫亙兩崖，彷彿似天造地設的橋梁，因此呼為大藤峽。峽中猺人，緣藤往來不絕。峽北巖洞，多至一百餘處，最幽深險峻的，有仙人關、九層崖等洞。峽南有牛腸村、大岵村，亦稱險要。英宗時，猺人作

亂，經都督僉事顏彪，連破猺寨，誠患少息（應三十九回）唯誠酋侯大狗，始終未獲。至顏彪班師，仍出掠廣東高、廉、雷、肇等境，守臣無術剿平，上書待罪，且請選將征討。兵部尚書王竑，奏稱浙江左參政韓雍，文武全才，可令往討，乃召雍為僉都御史，贊理軍務。特簡都督趙輔，為征夷將軍，統兵南征。

雍先至南京，會齊諸將，共議進兵方略。諸將齊聲道：「兩廣殘破，群盜屯聚，應分兵撲滅為是。為今日計，莫若令一軍入廣東，驅使散去，然後用大軍直入廣西，節節進剿，方可困賊。」雍聞言冷笑道：「諸將只知其一，未知其二，試思賊已蔓延數千里，隨在與戰，適足疲我將士，何若仗著銳氣，直搗大藤峽巢穴？心腹既潰，餘賊如釜底遊魂，怕他什麼？」擒賊先擒王。的是行軍要著。諸將不敢多言。至趙輔一到，與雍談及軍事，很是投機，便把一切行止，聽雍排程。雍即帶領諸軍，倍道前進，由全州出桂林，途次遇著陽洞諸苗，即麾兵與戰，勢如破竹，洞苗大潰。唯指揮李英等四人，觀望不前，立斬以徇，眾皆股慄，壁壘一新。

雍披按地圖，曉諭諸將道：「賊眾以修仁、荔浦為羽翼，宜先剿平二處，使孤賊勢。」諸將此時，無不應命。乃督兵十六萬人，分五路攻入，所向披靡。修仁先平，荔

第四十一回　白圭討平鄖陽盜　韓雍攻破藤峽瑤

浦隨下，遂乘勝向峽口出發。俄見道旁有數百人跪著，老少不一，老年服飾似裡民，少年服飾似儒生，口稱：「我等百姓，苦賊已久，今聞大兵到此，願為嚮導。」雍不待說畢，便喝兵役，將數百人一一拿下，帶入帳中。諸將皆詫異起來，但見雍升座怒叱道：「你等統是苗賊，敢來謊我！左右快與我搜來！」兵士不敢違慢，果皆藏著利刃，鋒芒似雪，便命推出轅門，盡行梟首。復飭把屍首支解，剖出腸胃，分掛林箐間，纍纍相屬。誠眾聞知，驚為天神。就是雍麾下將士，亦不禁嘆服。我亦服他有識。

雍嚴肅如王公相等，營門設銅鼓數千，儀節詳密。三司長吏見雍，皆長跪白事，悚懼如小吏。忽有新會丞陶魯入見，長揖不拜，雍叱道：「你來此何為？」陶魯道：「賊眾據險自衛，非大兵不可入。我看部下文武數百人，無一可往，方在愁慮，你能當此重任麼？」陶魯道：「不但言能，且很容易。」雍怒道：「蕞爾小邑，尚不能理，今遇悍賊，反說得如此容易，正是大言不慚，快快退去，免得受答！」魯又道：「明公不欲平賊麼？從前蔣琬、龐統，輒廢邑事，後乃為蜀漢名臣，公幸勿棄魯，願平賊自效。」雍見魯神色自若，料有異才，不禁改容道：「丞肯為國效力，尚有何說，但不知需兵多少？」並不執拗到底，韓雍可謂將才。魯答道：「三百人夠

010

了。」雍笑道：「三百人哪裡夠用？」魯復道：「兵貴精不貴多，三百人已是多了。但必需嚴行選練，才可使用。」雍令他自擇。魯標式為約，號令軍前道：「有能力舉百鈞，矢射二百步者來！」是時大軍共十五六萬人，合式如約，只得二百五十名。得用之兵，其難如此。復另募數日，方得湊成三百名數目，自行督練，椎牛犒饗，共嘗甘苦，士卒爭願為死，稱為陶家軍。

雍督諸將四面並進，誐酋侯大狗，聞大軍齊至，把婦女輜重，安置貴州橫石、李塘諸崖，自糾死黨數萬，悉力堵截峽南，排柵堅密，滾木石鏢槍毒矢等，更番迭射。官軍登山仰攻，煞費氣力。雍申令軍中，有進無退。閱數時，山上的誐眾，及山下的官軍，統有些疲倦起來，槍聲箭聲，若斷若續，驀見陶魯擁盾而出，大呼道：「麾下壯士，快從我來！」兩語未畢，那三百名陶家軍，都左手執盾，右手持刀，魚貫以進，呼聲震山峽。誐眾急忙抵拒，亂下矢石，不料這陶家軍，很是勇悍，兔起鶻落，狖迅猱升，任他矢石如雨，毫不膽怯，只管向前猛登。韓雍見前軍得勢，復督兵繼進，誐眾支持不住，逐步退後。至官軍各上山岡，又由雍出令，縱火焚山，烈焰飛騰，可憐這誐眾東奔西走，無處躲避，多燒得焦頭爛額，剩得數千名悍誐，擁著侯大狗，竄入橫石崖。雍飭兵窮追，道行數日，始見崖谷。侯大狗上九層樓等山，絕崖懸壁，勢控霄漢，且用著千斤

第四十一回　白圭討平鄖陽盜　韓雍攻破藤峽瑤

石，滾壓下來，響聲若雷，巖谷皆應。雍令軍士停住崖下，鼓譟不絕，一面遣陶家軍繞出後山，潛陟巔頂，令他覷賊懈怠，舉炮為號。賊漸漸力疲，木石亦盡。雍正擬進攻，隱隱間聞有炮聲，急督將士冒險登山，大眾援藤扳葛，蟻附而上。陶家軍亦自後攻入，漫山奮擊，連數日夜，鏖戰百合，方把誠眾剿平，生擒侯大狗七百八十餘人，斬首三千二百餘級，磨崖勒石，載明平誠歲月，並將大藤斬斷，絕誠人往來的孔道，改名大藤峽為斷藤峽，復分兵捕雷、廉、高、肇諸寇，先後肅清。捷報馳抵京師，憲宗傳旨嘉獎，即召趙輔還朝，晉封武靖伯，韓雍為右副都御史，提督兩廣軍務，擢陶魯為僉事，餘亦按功給賞。嗣命雍開府梧州，令行禁止，盜賊屏息。至成化十年，為中官黃沁所譖，罷歸鄉里，越五年病歿。粵人懷念不忘，立祠致祭。正德中始追諡襄毅，也是褒功恤死的意思。

還有平涼一役，出了好幾次大兵，才得奏捷。平涼在甘肅西境，從前明平陝西，故元平涼萬戶把丹，率眾歸附，太祖授為平涼衛千戶，令仍舊俗，不起科徭。傳孫滿俊，與王豪、李俊相連結，挾貲稱雄，土人稱他為滿四。平涼奸民，犯法避罪，往往倚滿四為護符。有司飭役往捕，統由滿四出頭硬阻，日久成習，不得不勞動官軍，前去搜剿。石城系唐吐蕃石堡城，高踞山巔，四壁滿四遂激眾為亂，叛據石城，來與官軍反抗。

削立，只有一線可通出入。官軍屢次上山，都被擊退。實是沒用。滿四遂與李俊分踞要害，四稱招賢王，俊稱順理王，兩下裡各有萬餘人。俊攻固原千戶所，中箭斃命，唯滿四負嵎如故。都指揮邢瑞、申澄，率各衛軍至石城，猛撲一晝夜，不意滿四竟糾眾殺下，由高臨卑，勢如建瓴，官軍墜死無數，申澄也馬蹶被殺，只有邢瑞狼狽逃歸，賊勢大盛，關中震動。明廷得耗，飛檄陝西巡撫都御史陳介，總兵寧遠伯任壽，廣義伯吳琮，及巡撫延綏都御史王銳，參將胡愷，會兵進剿。陳介等率軍輕進，不待延綏兵至，吳琮便直趨石城，距城約十里許，忽有賊眾數千，遮道出迎，佯稱乞降。陳介頗為躊躇，吳琮道：「無論他是真降，或是假降，我軍總有進無退為是。」遂麾兵直入。將到城下，只見賊驅著牛羊出來，望將過去，差不多有數千頭，統是賊兵殺到，那時官軍叫苦不迭，用了牛羊犒勞，大家不及防備，忽聽胡哨四起，前後左右，統是賊兵殺到，那時官軍叫苦不迭，連忙招架，已是不及。陳介、任壽、吳琮等，捨命衝突，方殺開一條血路，走保東山，遺失軍資甲械，均以千計。事聞於朝，命將陳介、任壽、吳琮三人，逮解至京，按罪下獄。另授都督劉玉，為平虜副將軍，副都御史項忠，總督軍務，再討石城。又起復前大理寺少卿馬文升為都御史，巡撫陝西，調兵協剿。項忠、馬文升先後至固原，分六路進兵，連敗賊眾。劉玉一至，見各軍得勝，乘勢長驅，進薄城下。滿四傾寨出戰，發矢如

第四十一回　白圭討平鄖陽盜　韓雍攻破藤峽瑤

蝎,劉玉身中流矢,頓時驚退,諸軍皆卻。賊步步進逼,玉幾被困。幸項忠停住不行,親斬千戶一人,作為眾戒,於是全軍復振,敛眾入城,劉玉乃裹痛徇軍,下令合圍。相持兼旬,尚不能下。項忠以持久非計,督兵急攻,賊頗恟懼,潛縋城出降。忠給票縱還,自是出降益眾。會有賊目楊虎貍,乘夜出沒,為官軍所擒,忠喝令斬首,楊虎貍俯伏乞命,乃勸令降順。虎貍允諾,且請自效。忠知虎貍可用,賜以金帶鉤,縱使入城,誘滿四出戰東山,用了四面埋伏的計,專候滿四到來。

正是:

整備鐵籠囚猛虎,安排香餌釣金魚。

欲知滿四曾否就擒?請看下回便知。

語有之:「川澤納汙,山藪藏疾。」故林深箐密之中,往往為盜賊藏身之地,兵去則出,兵來則伏,非有善謀之將,敢死之士,犂其穴而掃其庭,則必不能絕其跡。劉千斤、莽夫耳,侯大狗、蠢奴耳,何足以稱王爭霸?不過有山可恃,有穴可藏。有白圭之督師,而劉千斤失所恃,雖勇何益?有韓雍之主謀,藉此以抗王命,為一時負嵎計耳。而侯大狗失所據,雖險亦夷?崔荷之盜,必盡殺乃止,始知寧猛毋寬,公孫僑固有先見

也。至若平涼一役,亦幸有項忠之為先驅耳。項忠擒李鬍子、小王洪等,已見奇績,而滿四又為彼所擒,時人以墮淚譏之,吾謂一家哭何如一路哭也。刑亂國用重典,刑亂民亦何獨不然乎?

第四十一回　白圭討平鄖陽盜　韓雍攻破藤峽瑤

第四十二回　樹威權汪直竊兵柄　善譎諫阿丑悟君心

卻說叛酋滿四，正在窮蹙，見楊虎狸被擒復歸，亟問他脫逃情由。虎狸隨口胡謅，並說官軍輜重，盡在東山停頓，不妨乘夜掩取，說得滿四轉憂為喜，即於夜間率眾出城。行至東山附近，伏兵四起，競前相撲。滿四倉皇突陣，墜馬就擒，餘眾多半受戮。項忠乘勝撲城，城中另立頭目火敬為主，仍然拒守。忠令各軍圍住東西北三面，獨留南面不圍，鼓譟了一晝夜。火敬等料不能支，竟於夜半遁去。官軍從後追躡，復將火敬擒住。只有滿四從子滿能，逃入青山洞，漸被項忠偵悉，用火薰入洞中。滿能倉皇出走，亦被擒獲，並拿住滿四家屬百餘口。諸軍窮搜山谷，又獲賊五百餘人，男婦老幼共數千人，並將石城毀去，所有俘虜，就地正法。唯把滿四、火敬兩人，械送京師，按律伏誅，自在意中。項忠、劉玉班師到京，按功升賞，不消細說。

第四十二回　樹威權汪直竊兵柄　善譎諫阿丑悟君心

憲宗聞各處叛寇，依次蕩平，心下很是喜慰。萬貴妃殷勤獻媚，每遇捷報，輒在宮中張筵慶賀。可謂善承意旨，無怪寵冠後宮。就中有個太監汪直，年少慧點，善事貴妃，因得憲宗寵幸。為主及奴，真是多情天子。昭德宮便是萬貴妃所居，汪直能伺貴妃喜怒，竭力趨承，貴妃遂一意抬舉，密白帝前，令掌御馬監事。第二個安祿山。先是妖人李子龍，妖言妖服，蠱惑市人，內使鮑石、鄭忠等，常引子龍入宮遊玩，並導登萬歲山，密謀為逆。不意被錦衣衛聞知，預先舉發，當將二監拿下，並誘執李子龍，一併梟首。嗣是憲宗欲偵知外事，令汪直改換衣服，帶領錦衣官校，私行出外，查察官民舉動，但有街談巷議，無不奏聞。憲宗益以為能，即於東廠外設一西廠，命汪直為總管。東廠系成祖時所建，專令中官司事，伺察外情。至是別張一幟，所領緹騎人數，比東廠加倍，因此聲勢出東廠上。錦衣百戶韋瑛，職隸東廠，諂事汪直。直即倚為心腹，往往掀風作浪，興起大獄，所有冤死的官民，不計其數。朝廷諸臣，雖皆側目，莫敢發言。唯大學士商輅抗疏上奏道：

近日伺察太繁，政令太急，刑網太密，人情疑畏，洶洶不安。蓋緣陛下委聽斷於汪直，而直又寄耳目於群小也。中外騷然，安保其無意外不測之變？往者曹欽之反，皆逸

018

憲宗覽疏大怒道：「用一內監，何足危亂天下？」即命內監懷恩，傳旨詰責。商輅並不慌忙，正色說道：「朝臣不論大小，有罪當請旨逮問。汪直敢擅逮三品以上京官，是第一樁大罪。大同宣府，乃邊疆要地，守備官重要，豈可一日偶缺？汪直擅械守備官，多至數人，是第二樁大罪。南京係祖宗根本重地，留守大臣，直擅自搜捕，是第三樁大罪。宮中侍臣，直輒易置，是第四樁大罪。項忠已升任兵部尚書，也率九卿嚴劾汪直，直陳，說得懷恩為之咋舌，當即回去復旨。唯憲宗猶寵直憲宗不得已，令直仍歸掌御馬監，調韋瑛戍邊衛，暫罷西廠，中外大悅。適有御史戴縉，九年不遷，非常懊喪。至此見汪直仍未衰，仍令祕密出外，探刺陰事，索性迎合上意，密奏一本，極言西廠不應停止，汪直所行，不但可為今日法，邀寵眷，且可為萬世法。竟視汪直為聖人，大小戴有知，必不認其為子孫。憲宗准奏，下詔重開西廠。汪直的氣焰，從此益盛。

果有以激之，一旦禍興，猝難消弭。望陛下斷自宸衷，革去西廠，罷汪直以全其身，誅韋瑛以正其罪，則臣民悅服，自帖然無事矣。否則天下安危，未可知也。臣不勝惶懼待命之至！

第四十二回　樹威權汪直竊兵柄　善譎諫阿丑悟君心

先是直掌西廠，士大夫無與往還，唯左都御史王越，與韋瑛結交，遂間接通好汪直。吏部尚書尹旻，也是個寡廉鮮恥的人物，想去巴結權閹，因浼越為介，謁直西廠中，甚至向他磕頭。身長吏部，無恥若此，我為明吏羞死。直不禁大喜。獨兵部尚書項忠，傲不為禮，一日遇直於途，直下輿相看，忠竟不顧而去。是亦太甚。直恨忠益深，王越謀代忠職，每與直言及忠事，作切齒狀。忠且倡率九卿，先令郎中姚璧，請尹旻署名。尹旻道：「兵部主稿，當由項公自署便了。」姚璧道：「公系六卿長，不肯簽名。」尹旻怒道：「今日才知我為六卿長麼？」不中抬舉。當將草奏擲還，不肯簽名。一方通報韋瑛，令他轉達汪直。會西廠果停，直忿怒異常，與忠勢不兩立，至重設西廠，引用了一個吳綬，作為爪牙。吳綬曾為錦衣衛千戶，嘗從項忠討荊裏盜，違法被劾，致受譴責。他竟與忠挾嫌，至汪直處求掌書記，直即允諾。且因綬頗能文，密行保薦，有旨授他為鎮撫司問刑。綬即嗾使東廠官校，誣忠受太監黃賜請託，用劉江為江西都指揮，憲宗真是糊塗，竟令忠對簿。看官！你想這項忠高傲絕俗，哪肯低首下心？當下抗辯大廷，毅然不屈。惱得憲宗性起，竟將他削職為民。汪直又譖商輅納賄，輅亦乞罷，聽令自歸。尚書薛遠、董方，右都御史李賓等，並致仕歸田，於是蠅營狗苟的王越，居然升兵部尚書，兼左都御史掌院事。愈榮愈醜。王越以外，還有遼東

巡撫陳鉞。先是遼東寇警，陳鉞因冒功掩殺，激變軍民，明廷命馬文升往撫，開誠曉諭，相率聽命。汪直偏欲攘功，請命憲宗，挾同私黨王英，馳向遼東，一路上耀武揚威，指叱守令，不啻奴僕，立加鞭撻。各邊都御史，左執鞭弭，右屬櫜鞬，趨迎恐後，供張極盛。既至遼東，陳鉞郊迎蒲伏，恪恭盡禮，凡隨從汪直的人員，各有重賄。汪直大喜，筵宴時窮極珍錯，飲得汪直酩酊大醉，滿口讚揚。難得邀他褒獎。越宿即赴開原，再下令招撫。文升知他來意，便把安撫功勞，推讓與他，唯所有接待儀文，不如陳鉞。汪直未免失望，草草應酬，即返遼東，且與陳鉞述及文升簡慢。鉞不但不為解免，反說文升恃功自恣等情，小人最會逗刁。一面加意款待，特別巴結。酣飲了好幾日，直欲辭歸，復經鉞再三挽留，竟住了數十天，方才回京。一入京城，即劾奏文升行事乖方，應加嚴譴。憲宗也不分皂白，竟逮文升下獄，尋謫戍重慶衛，並責諸言官容隱不發，廷杖李俊等五十六人。

是時韃靼汗麻兒可兒已死，眾立刻固可兒吉思為汗，馬固可兒吉思汗，與孛來不和，屢生嫌隙，陰結部屬毛里孩等，使圖孛來。偏為孛來所知，竟弒了馬固可兒吉思汗。毛里孩不服，糾眾攻殺孛來，遣使通好明廷。憲宗以無約請和，恐防有詐，竟卻使不納。毛里孩遂糾集三衛（見三十九回），屢寇山陝。撫寧侯朱永等，出師抵禦，得

第四十二回　樹威權汪直竊兵柄　善譎諫阿丑悟君心

了幾次勝仗，毛里孩始退。誰料一敵甫退，一敵又來。長城西北境有河套，（黃河由北繞南，與圈套相似，因得此名，唐張仁愿曾築三受降城於此），地饒水草，最宜耕牧。朱永移師往蒙古屬部孛魯乃、札加思蘭、孛羅忽等，潛入套中，據地稱雄，屢寇延綏。朱永移師往御，王越亦奉旨參贊。塞外未聞殺敵，京中屢得捷音，想是王越妙計。越等升賞有差，寇仍據套自若。既而越為三邊總制，延綏、甘肅、寧夏為三邊，設立總制，自王越始。札加思蘭且迎元裔滿都魯為汗，自稱太師，一意與明邊為難，大舉深入，直抵秦州、安定諸邑。總算王越出力，偵悉寇虜妻子畜產，俱在紅鹽池，潛率總兵官許寧，游擊將軍周玉，星夜前進，襲破敵帳，殺獲甚眾。及寇飽掠而返，妻子畜產，蕩然無存，只好痛哭一場，狠狠北去。

嗣聞札加思蘭，為部眾脫羅幹、亦思馬因等所殺，滿都魯亦死，諸強酋相繼略盡。越遂討好汪直，慫恿北征，說是乘勢平寇，大功無比云云。直喜甚，忙面奏憲宗，當即下詔，命朱永為平虜將軍，王越提督軍務，監軍便是汪直。剋期興師，向西出發。越與直會著，恰勸直令朱永繞道南行，自與直帶領輕騎，徑詣大同。探悉敵帳在威寧海子（泊名），即挑選宣府、大同兩鎮兵馬，共得二萬名，倍道深入。適值天大風雨，兼以下雪，白晝晦冥，空山岑寂。越等直至威寧，寇眾毫不防備，如何抵敵，紛紛潰散，只剩

老弱婦女，作為俘虜，並馬駝牛羊數千匹，一齊搬歸。憲宗即封越為威寧伯，增直俸祿三百石。唯朱永迁道無功，不得封賞，悵悵的領兵回來。上了王越的當。那時汪直、王越兩人，又想借寇邀功，密圖報復，待王越退師，復糾眾出掠，聞直等山等，分道出御，轉亦思馬因等以盧帳被襲，偏偏寇眾狡詐，巡撫何喬新，千戶白道山等，分道出御，移眾西走，寇延綏，直等赴援不及，虧得指揮劉寧，請旨出發，誰知又出了一個悍酋，仍稱小王子，率眾三萬，寇大勝仗，寇焰少衰。亦思馬因病死，連營五十里，聲勢張甚。總兵許寧，斂兵固守，小王子竟到處焚掠，毀壞代王別墅。代王成，從寧出戰，寧無奈出駐城外，與巡撫郭鏜分營立柵，互為犄角。尋見有寇騎十餘，控弦而來，太監蔡新部下，首出迎擊，寧所部軍士，亦次第殺出，寇騎拍馬逃走，官軍不肯捨去，猛力追趕。途中遇著伏兵，被殺得落花流水，幸參將周璽等馳至，才救出各兵，馳入城中。檢點敗卒，已喪失了千餘人。許寧掩敗報捷，奈寇眾長驅直入，雖經宣府巡撫秦紘，總兵周玉，力戰卻敵，寇焰尚是未衰。巡按程春震，乃劾寧敗狀，寧得罪被謫，連郭鏜、蔡新統同獲譴。一面頒詔，令汪直、王越嚴行防剿，毋得少懈。直與越方擬還京，得了這道詔旨，弄得進退兩難，只好乞請瓜代，有詔不許。其時陳鉞已入居兵部，復為代請，又經憲宗切責，把鉞免官。未幾罷西廠，又未幾調王越鎮

第四十二回　樹威權汪直竊兵柄　善譎諫阿丑悟君心

延綏，降汪直為南京御馬監，中外欣然。只王越、汪直兩人，不知為什麼緣故，竟失主眷，彼此嘆息一番，想不出什麼法子，沒奈何遵著朝旨，分途自去。誰叫你恃勢橫行？誰叫你喜功出外？

小子細閱明史，才知汪直得罪的原因，複雜得很。若論發伏摘奸的首功，要算是小中官阿丑。一長可錄，總不掩沒。阿丑善詼諧，且工俳優，一日演戲帝前，扮作醉人的模樣，登場謾罵，另有一小太監扮作行人，出語阿丑道：「某官長到了。」阿丑不理，謾罵如故。小太監下場後，復出場報導：「御駕到了。」阿丑仍然不理。及三次出報，說是「汪太監到了」。阿丑故作慌張狀，卻走數步。來人恰故意問道：「皇帝且不怕，難道怕汪太監麼？」阿丑連忙搖手道：「休要多嘴！我只曉得汪太監，不可輕惹呢！」阿丑可愛。此時憲宗曾在座中，聞了這語，暗暗點首。阿丑知上意已動，於次日再出演劇，竟仿效汪直衣冠，手中持著兩把大斧，挺胸而行。旁有伶人問道：「你持這兩斧做什麼？」阿丑道：「是鉞，不是斧。」那人又問持鉞何故，阿丑道：「這兩鉞非同小可。我自典兵以來，全仗著這兩鉞呢。」那人又問鉞為何名，阿丑笑道：「怪不得你是呆鳥，連王越、陳鉞，都不知道麼？」憲宗聞言微哂。及戲劇演畢，又接覽御史徐鏞奏摺，系劾奏汪直罪狀，略云：

汪直與王越、陳鉞，結為腹心，互相表裡，肆羅織之文，振威福之勢，兵連西北，民困東南，天下之人，但知有西廠，而不知有朝廷，但知畏汪直，而不知畏陛下，寖成羽翼，可為寒心。乞陛下明正典刑，以為奸臣結黨怙勢者戒！於此時始上彈章，亦是揣摩迎合之意。

憲宗覽後，尚在躊躇。還是戀戀不捨。會東廠太監尚銘，以獲賊邀賞，恐汪直忌功，不無讒構，遂探得汪直隱情，及王越交通不法情事，統行揭奏。憲宗乃決意下詔，遷謫直、越。禮部侍郎萬安，及太常寺丞李孜省等，又先後糾彈直、越。遂並直奉御官，一體革去。削王越伯爵，奪還誥券，編管安陸州。直黨陳鉞，及戴縉、吳綬等，俱削職為民。韋瑛謫戍萬全衛。瑛復自撰妖言，誣指巫人劉忠興十餘人，暗圖不軌，及到庭對質，全屬子虛，方將瑛正法梟首，給還原官；召還前兵部侍郎馬文升，令為左都御史，巡撫遼東。中外都嗢嗢望治。

其實一黨方黜，一黨復升，熒惑不明的憲宗，哪裡能久任正士，盡斥僉壬？萬安內結貴妃，得邀寵眷，李孜省系江西贓吏，厚結中官梁芳、錢義，以符籙進，學五雷法，得授為太常寺丞。還有江夏妖僧繼曉，與中官梁芳相識，自言精通房術，不亞彭籛。適

第四十二回　樹威權汪直竊兵柄　善譎諫阿丑悟君心

憲宗春秋正高，自嫌精神未足，不足對付妃嬪，就是老而善淫的萬貴妃，亦未免暗中憎恨。梁芳雙方巴結，即將繼曉薦入，令他指導憲宗，並廣採春藥，進奉御用。憲宗如法服餌，盡情采戰，果然比前不同，一夕能御數女，喜得憲宗心滿意足，亟封繼曉為國師。繼曉母朱氏，本娼家女，喪夫有年，免不得有曖昧情事。繼曉卻極陳母節，有旨不必勘核，立予旌揚。繼曉精通房術，想是得諸母教。唯繼曉淫狡性成，見有姿色婦女，往往強留入寺，日夜交歡，曉所言，無不曲從。繼曉願為帝祈福，就西市建大永昌寺，逼徙民居數百家，糜費帑項數十萬，這還不在話下。唯繼曉淫狡性成，見有姿色婦女，往往強留入寺，日夜交歡，京中百姓，被他脅辱，自然怨聲載道，呼泣盈塗。刑部員外郎林俊，忿懣的了不得，遂上疏請斬繼曉及太監梁芳。看官！你想憲宗如何肯聽？閱疏才畢，立飭逮俊下獄，拷訊主使。都督府經歷張黻，抗表救解，又被逮繫獄中。司禮太監懷恩，頗懷忠義，便面奏憲宗，請釋二人。宦官中非無善類。憲宗大憤，遽提起案上端硯，向懷恩擲去。幸懷恩把頭一偏，硯落地上，未曾擊中。憲宗又把恩叱退。恩遣人告鎮撫司道：「你等諂事梁芳，傾陷林俊，俊死，看你等能獨生麼？」鎮撫司方不敢誣罪，也為奏免。憲宗氣憤稍平，乃釋二人出獄，貶俊為雲南姚州判官，黻為師宗知州。二人直聲震都下，時人為之語道：

026

御史在刑曹,黃門出後府。

二人被謫,感動天閽。成化二十一年元旦,憲宗受賀退朝,午膳甫畢,忽聞天空有巨聲,自東而西,彷彿似霹靂一般。究竟是否雷震,容小子下回表明。

汪直以大藤餘孽,幼入禁中,不思金日磾琵之忠,妄有安祿山赤心之詐,刺事西廠,傾害正人,酷好弄兵,輕開邊釁,吏民之受其荼毒,不可勝計,要之皆萬貴妃一人之所釀成也。王越、陳鉞等,倚直勢以橫行,朝臣豈無聞見?乃皆箝口不言,反待一優孟衣冠之阿丑,借戲進諫,隱格主心,是盈廷寮寀不及一阿丑多矣。迨巨蠹受譴,始聯章劾奏,欲沽直名,曾亦回首自問,顏目愧否耶?況劾奏諸人,仍不出萬安、李孜省等,彼此同是儉邪,不過排除異黨,為自張一幟計耳。觀此回純敘汪直事,我敢為述古語曰朝無人。

第四十二回　樹威權汪直竊兵柄　善譎諫阿丑悟君心

第四十三回 悼貴妃促疾亡身　審聶女秉公遭譴

卻說憲宗聞空中有聲，疑是雷震，亟出宮門瞻望，只見天空有白氣一道，曲折上騰，復有赤星如碗，從東向西，轟然作響，不禁為之悚懼。是夜心神不安，越宿臨朝，即詔群臣詳陳闕失。吏部給事中李俊，應詔陳言，略云：

今之弊政最大且急者，日近幸干紀也，大臣不職也，爵賞太濫也，工役過煩也，進獻無厭也，流亡未復也。天變之來，率由於此。夫內侍之設，國初皆有定製，今或一監而叢十餘人，一事而參六七輩，或分布藩郡，享王者之奉，或總領邊疆，專大將之權，援引僉邪，投獻奇巧，司錢穀則法外取財，貢方物則多端責賂，殺人者見原，償事者逃罪，如梁芳、韋興、陳喜輩，不可列舉。唯陛下大施剛斷，無令干紀，奉使於外者，悉為召還，用事於內者，嚴加省汰，則近幸戢而天意可回矣。今之大臣，非夤緣內臣，則

第四十三回　悼貴妃促疾亡身　審轟女秉公遭譴

不得進。其既進也，非憑依內臣，則不得安。此以財貿官，彼以官鬻財，無怪其略受四方，而計營三窟也。唯陛下大加黜罰，勿為姑息，則大臣知警，而天意可回矣。夫爵以待有德，賞以待有功，今或無故而爵一庸流，或無功而賞一貴幸，方士獻煉服之書，伶人奏曼衍之職，掾吏胥徒，皆叨官祿，俳優僧道，亦玷班資，一歲而傳奉或至千人，數歲而數千人矣。數千人之祿，歲以數十萬計，是皆國之租稅，民之脂膏，不以養賢才，乃以飽奸蠹，誠可惜也。如李孜省、鄧常恩輩，尤為誕妄，此招天變之甚者，乞盡罷傳奉官，毋令汙玷朝列，則爵賞不濫，而天意可回矣。都城佛剎，迄無寧工，京營軍士，不復遺力，如國師繼曉，假術濟私，糜耗特甚。中外切齒，願陛下內惜資財，外恤民力，不急之役，姑賜停罷。則工役不煩，而天意可回矣。近來規利之徒，率假進奉為名，或錄一方書，市一玩器，購畫圖，制簪珥，所費不多，獲利十倍，願陛下留府庫之財，為軍國之備，則進獻息而天意可回矣。陝西、河南、山西、赤地千里，追錄貴倖鹽課，暫假造寺資財，移賑饑民，俾苟存活，則流亡復而天意可回矣。屍骸枕籍，流亡日多，萑苻可慮，願陛下體天心之仁愛，憫生民之困窮，臣奉明詔陳言，不敢瞻徇，謹乞陛下採納施行，無任跂望之至！

疏入，憲宗卻優詔褒答，竟降調李孜省、鄧常恩等，且把國師繼曉，革職為民，斥

罷傳奉官至五百餘人。給事中盧瑀，御史汪瑩，主事張吉，及南京員外郎彭綱等，見李俊入奏有效，都摭拾時弊，次第奏陳。今朝你一本，明朝我一本，惹得憲宗厭煩起來，索性不願披覽，只密令吏部尚書尹旻，俟有奏遷，按名屏右，俟此人尚在麼？將奏牘所署的名銜，紀錄屏右，俊、瑀等遂相繼出外，或以他事下吏。事君數，斯辱矣，孜省、常恩等仍復原官，得寵尤甚。

一日，憲宗查視內帑，見累朝所積金銀，七窖俱盡。遂召太監梁芳、韋興入內，詰責道：「糜費帑金，罪由汝等。」興不敢對。芳獨啟奏道：「建寺築廟，為萬歲默祈遐福，所以用去，並非浪費。」憲宗冷笑道：「朕即饒恕你等，恐後人無此寬大，恰要同你等算帳。」此語幾啟巨釁，若非貴妃速死，太子能不危乎？說得梁芳等渾身冰冷，謝罪趨出，忙去報知萬貴妃。時貴妃已移居安喜宮，服物侈靡，與中宮相等。梁芳一入，即叩頭呼娘娘不置。貴妃問為何事？梁芳將憲宗所言，傳述一遍，並說道：「萬歲爺所說後人，明明是指著東宮，倘或東宮得志，不但老奴等難保首領，連娘娘亦未免干連呢！」貴妃道：「這東宮原不是好人，他幼小時，我勸他飲羹，他竟對著我說，羹中有否置毒，你想他在幼年，尚如是逞刁，今已年將弱冠，怕不以我等為魚肉。但一時沒法擺布，奈何？」梁芳道：「何不勸皇上易儲，改立興王？」貴妃道：「是邵妃所生子祐杬

第四十三回　悼貴妃促疾亡身　審轟女秉公遭譴

麼？」言下尚有未愜之意，奈己子已先夭殤何？梁芳道：「祐杭雖封興王，尚未就國，若得娘娘保舉，得為儲君，他必感激無地，難道不共保富貴麼？」掀風作浪，統是若輩。貴妃點首。等到憲宗進宮，憑著一種蠱媚的手段，誣稱太子如何暴戾，如何矯擅，不如改立興王，期安社稷等語。你是個野狐精，安可充土神穀神。憲宗初不肯允，哪禁得貴妃一番柔語，繼以嬌啼，弄得憲宗不好不依。年將六十，尚能搖惑主心，不知具何魔力？次日，與太監懷恩談及，懷恩力言不可。憲宗覽奏道：「這是天意，不敢有違。」遂把易儲事擱起。萬貴妃屢次催逼，憲宗只是不睬。貴妃挾恨在胸，釀成肝疾，成化二十三年春，憲宗郊天，適遇大霧，人皆驚訝，越日慶成宴罷，將要還宮，有安喜宮監來報導：「萬娘娘中痰猝薨了。」憲宗大詫道：「為什麼這般迅速？」官監默然無言。經憲宗至安喜宮，審視龍榻，但見紅顏已萎，殘蛻僅存，不禁涕淚滿頤，再詰宮監，才知貴妃連日納悶，適有宮女觸怒，她用拂子連撻數十下，宮女不過覺痛，她竟痰厥致薨。憲宗憮然道：「貴妃去世，我亦不能久存了。」彷彿唐明皇之於楊玉環。當下治喪告窆，一切擬皇后例，並輟朝七日，加諡萬氏為恭肅端慎榮靖皇貴妃。

喪葬既畢，憲宗常悶悶不樂，唯李孜省善能分憂，有時召對，多合帝心，乃擢為

禮部侍郎。畢竟鴻都幻術，不能親致紅妝，春風桃李，秋雨梧桐，觸景無非慘象，多憂適足傷身，是年八月，憲宗寢疾，命皇太子祐樘，視事文華殿，越數日駕崩，享年四十一。太子即位，是為孝宗，諡皇考為憲宗皇帝，尊皇太后周氏為太皇太后，皇后王氏為皇太后，以次年為弘治元年。赦詔未下，即降旨斥諸倖臣。侍郎李孜省，太監梁芳，外戚萬喜（萬貴妃弟）及私黨鄧常恩、趙玉芝等，俱謫戍有差。並罷傳奉官二千餘人，奪僧道封號千餘人，宮廷一清，乃大赦天下，隨立妃張氏為皇后。魚台丞徐頊，疏請上母妃尊諡，並追究薨逝原因，孝宗飭群臣會議，或言逮萬氏親族究治。萬安已擢為大學士，聞著廷議，惶急的了不得，忙對群僚道：「我、我久與萬氏不通往來。」群僚皆相顧竊笑。有何可笑？恐大眾多是如此。幸孝宗天性仁厚，恐傷先帝遺意，盡置不問，萬安才得無事，方在欣慰，不意過了數日，太監懷恩到閣，手持一小木篋，付與萬安道：「皇上有旨，這豈是大臣所為？」萬安尚莫名其妙，發篋後見有小書一本，末尾署著臣安進三字，系是從前親筆所寫，才憶當日隱情，不禁愧汗浹背，俯伏地上。庶吉士鄒智，御史姜洪、文貴等，正在閣中，窺見書中所列，俱系房中術，遂闖堂散去。懷恩亦回宮復旨，萬安仰首起來，見閣中已無一人，慌忙起身趨歸。越二日宣安入朝，令懷恩朗誦彈章，起首署名，就是庶吉士鄒智等人，讀至後來，都開列萬安罪狀。安尚磕

第四十三回　悼貴妃促疾亡身　審轟女秉公遭譴

頭哀求，毫無去志。恩讀畢，走近萬安身前，摘去牙牌，大聲道：「速去速去，免得加罪！」安始惶遽歸第，乞休而去。實是便宜。

孝宗嘗悲念生母，遣使至賀縣訪求外家，終不可得。其後禮臣上言，請仿太祖封徐王故事，擬定母后父母封號，且立祠桂林，春秋致祭。一面追諡生母紀氏為孝穆太后，有旨允准，並答覆禮部道：

孝穆太后，早棄朕躬，每一思念，怒焉如割。初謂宗親尚可旁求，寧受百欺，冀獲一是，卿等謂歲久無從物色，請加封立廟，以慰聖母之靈。皇祖既有故事，朕心雖不忍，又奚敢違？可封太后父為慶元伯，母為伯夫人，立廟桂林府，飭有司歲時致祭，母得少懈，以副朕報本追源之至意！

大學士尹直奉旨撰冊文，有云：「睹漢家堯母之稱，增宋室仁宗之慟。」孝宗記在心中，每當聽政餘暇，迴環誦此二語，往往唏噓泣下。又因憲宗廢后吳氏，保抱維謹，具有鞠育深恩，一切服膳，概如太后禮，這也可謂孝思維則了。允宜褒揚。

且說憲宗末年，所用非人，當時有紙糊三閣老，泥塑六尚書的謠傳。三閣老指萬安、劉翔、劉吉，六尚書指尹旻、殷謙、周洪謨、張鵬、張鎣、劉昭，這九人旋進旋

退，毫無建白，所以有此時評。及孝宗即位，勵精圖治，黜佞任賢，起用前南京兵部尚書王恕，為吏部尚書；進禮部侍郎徐溥，為禮部尚書，兼文淵閣大學士；擢編修劉健為禮部侍郎，兼翰林學士，入閣辦事；召南京刑部尚書何喬新，為刑部尚書；南京兵部尚書馬文升，為左都御史；禮部侍郎邱濬，進大學衍議補一書，得賚金幣，下詔刊行，尋升為禮部尚書；令徐溥專理閣務；逮梁芳、李孜省下獄，孜省瘐死，梁芳充戍，流鄧常恩、趙玉芝等至極邊，誅妖僧繼曉，所有紙糊泥塑的閣老尚書，淘汰殆盡。

唯劉吉尚存，右庶子張昇，上疏劾吉，說他口蜜腹劍似李林甫，牢籠言路如賈似道，應即予罷斥等語，未見俞允。庶吉士鄒智，進士李文祥，監察御史湯鼐，又交章彈劾，鼐尤抗直，疏中所陳，不止劉吉一人，連王恕、馬文升等所為，亦具有微詞。廷僚未免忌鼐，吉更啣恨刺骨，御史魏璋，系吉私人，密受吉命，日伺鼐短。適壽州知州劉槩，饋鼐白金，並遺以書云：「夢一人牽牛陷澤中，得君手提牛角，引牛出澤。人牽牛，適象國姓朱字，大約是國勢將傾，賴君挽救，因有此兆。」鼐得書甚喜，宣示友人。沾沾自足，適以取禍。璋聞風得間，遂劾鼐妖言誹謗，致逮入獄。槩亦連帶被系。御史陳景隆等，與璋為莫逆交，希附吉意，奏請一體加刑，幸刑部尚書何喬新，及侍郎彭

第四十三回　悼貴妃促疾亡身　審轟女秉公遭譴

詔，堅持不可，王恕亦上疏申救。不念被劾之嫌，王恕不愧恕字。乃將鼐、檗戍邊，鄒智、李文祥貶官，魏璋反得擢為大理寺丞。唯劉吉以鼐等獲生，恨恨不已。會喬新外家與鄉人爭訟，遂暗唆御史鄒魯，劾奏喬新受賄曲庇。喬新知系劉吉挾嫌，拜疏乞歸，既而窮治無驗，鄒魯停俸，喬新竟致仕不起，刑部尚書一職，即由彭韶代任。吉復傾排異己，奏貶御史姜洪、姜綰，誣陷南京給事中方向等，中外側目，呼他為「劉棉花」，因他屢彈屢起的緣故。

只是日中則昃，月盈必虧，從古無不衰的顯宦，亦無不敗的佞臣，可作達官棒喝。劉吉造言生事，免不得為孝宗所聞。漸漸的減損恩寵，吉尚戀棧不休。孝宗后張氏，系都督同知張巒女，冊妃后，伉儷甚歡。及張氏進妃為后，父戀得封壽寧伯，巒卒，加贈昌國公，子鶴齡襲封侯爵，還有鶴齡弟延齡，孝宗亦擬加封，命吉撰誥券，加贈吉請盡封周、王二太后家子弟，方可挨及后族。此語恰似有理。孝宗不懌，竟遣中宦至吉家，勒令致仕，吉乃謝病告歸。既而王恕、彭韶等，多為貴戚近臣所嫉，先後引去。邱濬病歿，禮部侍郎李東陽，及少詹事謝遷，相繼入閣。遷頗守法奉公，東陽第以文學著名，不及王恕、彭韶諸人的忠直，所以諫疏漸稀。

其時海內乂然，承平無事，貴州都勻苗，稍稍作亂，由巡撫鄧廷瓚討平。北方小王

子及脫羅乾子火篩，雖偶為邊患，又經甘肅總兵官劉寧，戰守有方，斂眾退去（邊事用略筆敘過）。孝宗政體清閒，自然逐漸怠弛。內監李廣、楊鵬輩，得乘隙希寵，導帝遊敗。太子諭德王華，入侍經筵，講唐李輔國與張后表裡用事，說得非常懇切。侍講玉鏊，詳陳書義，至文王不敢盤於遊田句，再三引伸，孝宗也頗感悟，優禮相答。可奈外臣的規諷，不若近侍的諂諛，一暴十寒，未見巨效，仍然由內侍作主，舞文弄弊。湊巧有一件訟案，為刑部郎中丁哲，員外郎王爵承審，違犯了東廠意旨，竟欲將哲等論罪，擬定徒流，這案的曲直，待小子敘述出來，以便看官評斷。先是千戶吳能，生女名滿倉兒，姿首妖冶，性情淫蕩，能屢戒不悛。以女付媒媼，售與樂婦張氏，張婦又轉售與樂工袁璘為妻。能妻聶氏，與能本非同意，至能死後，訪女下落，前往領認。哪知滿倉兒不認為母，白眼相待。聶氏憤甚，與子定計，誘劫滿倉兒歸家，藏匿祕室。袁璘往贖不允，告至刑部。丁哲、王爵，同訊得情，駁斥袁璘數語。璘竟信口謾罵，惱動了丁哲、王爵，竟飭衙役重笞袁璘。璘受笞歸家，憤無所洩，數日病死。御史陳玉等，檢驗袁璘屍身，確係病斃，即填就屍格備案，由他埋葬了結。誰料楊鵬從子，素與滿倉兒有染，滿倉兒竟自祕室逸出，往訴冤情。楊鵬從子，引她進見叔父，只說是刑部枉斷，袁璘屈死。楊鵬不知就裡，但覺滿倉兒楚楚可憐，為浼東廠鎮撫司，奏劾丁

第四十三回　悼貴妃促疾亡身　審轟女秉公遭譴

奏道：

哲、王爵殺人無辜，罪應論抵。有旨令法司再訊，細細盤詰。滿倉兒無從抵賴，仍然水落石出，奈因東廠面子，不敢不委曲顧全，只將滿倉兒予杖，嫩皮肉怎禁笞杖，我尚為滿倉兒呼冤。且坐丁哲等杖人至死的罪狀，奏擬徒流。刑部吏徐珪，代抱不平，竟抗疏奏道：

轟女之罪，丁哲等斷之審矣。楊鵬暗唆鎮撫司，共相欺蔽，陛下令法司審問得實，因懼東廠，莫敢公斷。夫以女誣母，僅予杖責，丁哲等才能察獄，輕重倒置如此，皆東廠劫威所致也。臣在刑部三年，見鞫問盜賊，多東廠鎮撫司緝獲，或校尉挾私誣陷。或為人報仇，或受首惡賕，令旁人抵罪。刑官洞見其情，莫敢改正，以致枉殺多人。臣願陛下革去東廠，以絕禍源，則太平可致。臣一介微軀，自知不免，與其死於虎口，孰若死於朝廷？願陛下斬臣首，行臣言，雖死無恨！

言疏上去，朝旨非但不准，反斥他情詞妄誕，革職為民。丁哲、王爵，亦一同放歸。小子有詩嘆道：

一朝綱紀出中官，腐豎刑餘慣作奸。
抗疏甫陳嚴譴下，忠臣空自貢心丹。

欲知後事若何，且看下回分解。

憲宗非無一隙之明，觀其優答李俊，立斥佞人，何嘗不辨明善惡。至於內帑用盡，責及中官，泰山連震，保全太子，雖得謂非明主之所為。誤在小人日多，君子日少，內嬖近臣，互相煬蔽，於是中知之主，往往為所蠱惑，忽明忽昧，有始鮮終，憲宗其較著者也。若夫孝宗之明，遠過憲宗。即位以後，勤求治理，置亮弼之輔，召敢言之臣，斥奸佞之豎，杜嬖倖之門，人材濟濟，卓絕一時，乃無何而外戚進，又無何而內豎橫，老成引退，戚宦肆行，滿倉兒一案，顛倒是非，罪及能吏。明如孝宗，猶蹈此轍，人君進賢退不肖之間，其關係為何如哉？讀此能無慨然！

第四十三回　悼貴妃促疾亡身　審轟女秉公遭譴

第四十四回
受主知三老承顧命　逢君惡八豎逞讒言

卻說弘治八年以後，孝宗求治漸怠，視朝日晏，太監楊鵬、李廣，朋比為奸，蔽塞主聰，廣且以修煉齋醮等術，慫惠左右，害得聰明仁恕的孝宗，也居然迷信仙佛，召用番僧方士，研究符籙禱祀諸事。大學士徐溥，及閣臣劉健、謝遷、李東陽等，俱上書切諫，引唐憲宗、宋徽宗故事為戒。孝宗雖無不嘉許，心中總寵任李廣，始終勿衰。廣越加縱恣，權傾中外，徐溥憂憤得很，致成目疾。不能拔去眼中釘，安得不成目疾？三疏乞休，乃許令致仕。適韃靼部小王子等，復來寇邊，故兵部尚書王越，貶謫有年，復遣人賄託李廣，暗中保薦，乃復特旨起用，令仍總制三邊軍務。越年已七十，奉詔即行，七十老翁，何尚看不破耶？馳至賀蘭山，襲破小王子營，獲駝馬牛羊器仗，各以千計，論功晉少保銜。李廣所舉得人，亦邀重賞。廣每日獻議，無不見從。會勸建毓秀亭於

041

第四十四回　受主知三老承顧命　逢君惡八豎逞讒言

萬歲山，亭工甫成，幼公主忽然天逝，接連是清寧宮被火。清寧宮為太皇太后所居，被災後，由司天監奏稱，謂建毓秀亭，犯了歲忌，所以有此禍變。太皇太后大患道：「今日李廣，明日李廣，日日鬧李廣，果然鬧出禍事來了。李廣不死，後患恐尚未了呢。」這句話傳到李廣耳中，廣不覺顫慄異常，暗語道：「這遭壞了，得罪太皇太后，還有何幸？不如早死了罷！」也有此日。遂悄悄還家，置鴆酒中，一吸而盡，睡在床上死了。

孝宗聞李廣暴卒，頗為惋惜，繼思李廣頗有道術，此次或屍解仙去，也未可知，他家中總有異書，何勿著人搜求。孝宗也有此呆想，可知李廣蠱惑之深。當下命內監等，至廣家搜尋祕笈，去不多時，即見內監挾著書簿，前來覆命。孝宗大喜，立刻披覽，並沒有服食煉氣的方法，只有那出入往來的帳目，內列某日某文官饋黃米若干石，某日某武官饋白米若干石，約略核算，黃米白米，何啻千萬，不禁詫異起來。黃米白米，便是服食煉氣的方法，何用詫異？便詰問左右道：「李廣一家，有幾多食口？能吃許多黃白米？且聞廣家亦甚狹隘，許多黃米，白米就是黃金，白米就是白銀。」孝宗聽到此語，不覺大怒所未知，此乃李廣的隱語，黃米白米，何處窖積？」真是笨伯。左右道：「萬歲有道：「原來如此！李廣欺朕納賄，罪既難容，文武百官，無恥若此，更屬可惡！」至此方悟，可惜已晚。即手諭刑部，並將簿據頒發，令法司按籍逮問。看官聽說，李廣當

042

日，聲勢烜赫，大臣不與往還的，真是絕無僅有，一聞此信，自然一個個寒心，彼此想了一法，只好乞救壽寧侯張鶴齡，昏夜馳往，黑壓壓的跪在一地，求他至帝前緩頰。壽寧侯初不肯允，奈各官跪著不起，沒奈何一力擔承，待送出各官，即親詣大內，託張后轉圜，張后婉勸孝宗，才得寢事。

孝宗經此覺悟，乃復遠佞臣，進賢良。三邊總制王越，經言官交劾，憂恚而死，特召故兩廣總督秦紘，代王越職。紘至鎮，練壯士，興屯田，申明號令，軍聲大振。內用馬文升為吏部尚書，劉大夏為兵部尚書。文升在班列中，最為耆碩，所言皆關治平。大夏曾為戶部侍郎，治河張秋，督理宣大軍餉，歷著功績。是時為兩廣總督，迭召始至，孝宗問何故遲滯？大夏頓首道：「臣老且病，竊見天下民窮財盡，倘有不虞，責在兵部，恐力不勝任，所以遲行，意欲陛下另用良臣呢。」孝宗道：「祖宗以來，徵斂有常，前未聞民窮財盡，今日何故至此？」大夏道：「陛下以為有常，其實並無常制，臣任職兩廣，歲見廣西取鐸木，廣東取香藥，費以萬計，其他可知。」孝宗復道：「今日兵士如何？」大夏道：「窮與民等。」孝宗道：「居有日糧，出有月糧，何至於窮？」大夏道：「將帥侵克過半，哪得不窮！」孝宗嘆息道：「朕在位十五六年，乃不知兵民窮困，如何得為人主呢？」人君深居九重，安能事事盡知？故歷代明主，必採納嘉言。乃下詔禁止

043

第四十四回　受主知三老承顧命　逢君惡八豎逞讒言

供獻，及各將帥扣餉等情。

普安苗婦米魯作亂，由南京戶部尚書王軾，督師往討，連破賊營，格殺米魯。瓊州黎人符南蛇，聚眾為逆，經孝宗使用者部主事馮顒計，以夷攻夷，懸賞購募士兵，歸巡守官節制，令斬首惡。轉戰半年，遂得平定，南蛇伏誅。孝宗益究心政務，嘗與李東陽、劉健、謝遷三人，詳論利害，三人竭誠盡慮，知無不言。遇有要事入對，又由孝宗屏去左右，促膝密談，左右不得聞，從屏間竊聽，但聞孝宗時時稱善。當時有歌謠云：「李公謀，劉公斷，謝公尤侃侃。」還有左都御史戴珊，亦以材見知，與劉大夏寵遇相同。適小王子、火篩等入寇大同，中官苗逵貪武功，奏請出師。孝宗頗欲准奏，閣臣劉健等委曲勸阻，尚未能決，乃召大夏及珊，入問可否。大夏如劉健言。孝宗道：「太宗時頻年出塞，今何故不可？」大夏道：「陛下神武，不亞太宗，奈將領士馬，遠不及前，且當時淇國公邱福，稍違節制，即舉十萬雄師，悉委沙漠，兵事不可輕舉，為今日計，守為上策，戰乃下策呢。」珊亦從旁贊決。孝宗爽然道：「非二卿言，朕幾誤事。」由是師不果出。

一日，劉大夏、戴珊，同時入侍，孝宗與語道：「時當述職，諸大臣皆杜門，廉潔

如二卿,雖日日見客,亦屬無妨。」言至此,即袖出白金賞給,且語道:「聊以佐廉,不必廷謝,恐遭他人嫉忌呢。」有功加賞,乃朝廷之大經,何必私自給與?孝宗此舉,未免失當。珊嘗以老疾乞歸,孝宗不許,大夏代為申請,孝宗道:「卿代為乞休,想是由彼委託。譬如主人留客,意誠語摯,客尚當為強留,戴卿獨未念朕情,不肯少留嗎?」也是意誠語摯。大夏頓首代謝,趨出告珊。珊感且泣道:「上意如此,珊當死是官了。」

到了弘治十八年(點明歲次,為孝宗壽終計數,與上文述成化二十三年事,同一筆法),戶部主事李夢陽,上書指斥弊政,反覆數萬言,內指外戚壽寧侯,尤為直言不諱。壽寧侯張鶴齡,即日奏辯,並摘疏中陛下厚張氏語,誣夢陽訕皇后為張氏,罪應處斬。孝宗留中未發。後母金夫人,復入宮泣訴,不得已夢陽獄。金夫人尚籲請嚴刑,孝宗動怒,推案入內。既而法司上陳讞案,請免加重罪,予杖示懲。孝宗竟批示夢陽復職,罰俸三月。越日,邀金夫人遊南宮,張后及二弟隨侍,入宮筵宴,酒半酣,金夫人與張皇后皆入內更衣,孝宗獨召鶴齡入旁室,與他密語,左右不得與聞,但遙見鶴齡免冠頓首,大約是遭帝詰責,惶恐謝罪的緣故。自是鶴齡兄弟,稍稍斂跡。孝宗復召劉大夏議事,議畢,即問大夏道:「近日外議如何?」大夏道:「近釋主事

第四十四回　受主知三老承顧命　逢君惡八豎逞讒言

李夢陽，中外歡呼，交頌聖德。」孝宗道：「若輩欲杖斃夢陽，朕豈肯濫殺直臣，快他私憤麼！」大夏頓首道：「陛下此舉，便是德同堯舜了。」未免近諛。

孝宗與張后，始終相愛，別無內寵，後生二子，長名厚照，次名厚煒，五年，立為太子，厚煒封蔚王，生三歲而殤。孝宗宵旰忘勞，自釋放夢陽後，僅歷二月，忽然得病，竟至大漸。乃召閣臣劉健、李東陽、謝遷至乾清宮，面諭道：「朕承祖宗大統，在位十八年，今已三十六歲，不意二豎為災，病不能興，恐與諸先生訣別了。」健等叩首榻下道：「陛下萬壽無疆，怎得遽為此言？」孝宗嘆息道：「修短有命，不能強延，唯諸先生輔導朕躬，朕意深感，今日與諸先生訣別，卻有一言相托。」言至此，略作休息，復親握健手道：「朕蒙皇考厚恩，選張氏為皇后，生子厚照，立為皇儲，今已十五歲了，尚未選婚，社稷事重，可即令禮部舉行。」健等唯唯應命。孝宗又顧內臣道：「受遺旨。」太監陳寬扶案，李璋捧筆硯，戴義就前書草，無非是大統相傳，應由太子嗣位等語。書畢，呈孝宗親覽。孝宗將遺詔付與閣臣，復語健等道：「東宮質頗聰穎，但年尚幼稚，性好逸樂，煩諸先生輔以正道，使為令主，朕死亦瞑目了。」知子莫若父，後來武宗好遊，已伏此言。健等又叩首道：「臣等敢不盡力。」孝宗乃囑令退出。翌日，召太子入，諭以法祖用賢，未幾遂崩。又越日，太子厚照即位，是為武宗，

以明年為正德元年。

是時太皇太后周氏已崩（崩於弘治十七年，此是補筆），太后王氏尚存，乃尊太后為太皇太后，皇后張氏為太后，加大學士劉健、及李東陽、謝遷等為左柱國，以神機營中軍二司內官太監劉瑾，管五千營（敘武宗即位，便提出劉瑾，為揭出首惡張本）。劉瑾本談氏子，幼自閹，投入劉太監門下，冒姓劉氏，來意已是叵測。得侍東宮。武宗為太子時，已是寵愛。劉瑾復結了七個密友，便是馬永成、谷大用、魏彬、張永、邱聚、高鳳、羅祥七人，連劉瑾稱為八黨。後又號作八虎。這八人中，瑾尤狡獪，並且涉獵書籍，粗通掌故，七人才力不及，自然推他為首領了。武宗居苫塊中，恰也不甚悲戚，只與八人相依，暗圖快樂，所有應興應革的事情，概置勿問。大學士劉健等，屢次上疏言事，終不見報。健乃乞請罷職，才見有旨慰留。兵部尚書劉大夏，吏部尚書馬文升，見八虎用事，料難挽回，各上章乞賜骸骨，竟邀俞允。兩人聯袂出都，會天大風雨，壞郊壇獸瓦，劉健、李東陽、謝遷，復聯名奏陳，歷數政令過失，並指斥宵小逢君，甚是痛切。哪知復旨下來，只淡淡的答了聞知兩字。轉瞬間冊后夏氏，大婚期內，無人諫諍。劉瑾與馬永成等，日進鷹犬歌舞角觝等戲，導帝遊行。給事中陶諧，御史趙佑等，看不過去，自然交章論劾。原奏發下閣議，尚未稟覆，戶部尚書韓文，與僚屬談及時弊，唏

第四十四回 受主知三老承顧命 逢君惡八豎逞讒言

噓泣下,郎中李夢陽進言道:「公為國大臣,義同休戚。徒泣何益!」文答道:「計將安出?」夢陽道:「近聞諫官交劾內侍,已下閣議,閣中元老尚多,勢必堅持原奏,公誠率諸大臣固爭,去劉瑾輩,還是容易,此機不可輕失哩。」文毅然道:「汝言甚是。我年已老,一死報國便了。」隨命夢陽草奏。稿成,更由文親自刪改。次日早朝,先於朝房內宣示九卿諸大臣,洎他一同署名,當由各官瞧著,略云:

伏睹近日朝政益非,號令失當,中外皆言太監馬永成、谷大用、張永、羅祥、魏彬、邱聚、劉瑾、高鳳等,造作巧偽,淫蕩上心,擊球走馬,放鷹逐犬,俳優雜劇,錯陳於前,至萬乘與外人交易,狎暱媟褻,無復禮體,日遊不足,夜以繼之,勞耗精神,虧損志德,此輩細人,唯知蠱惑君上,以便己私,而不思皇天眷命,祖宗大業,皆在陛下一身,萬一遊宴損神,起居失節,雖韲粉若輩,何補於事?竊觀前古閹宦誤國,為禍尤烈。漢十常侍,唐甘露之變,其明驗也。今永成等罪惡既著,若縱而不治,將來潛消禍亂之階,永保靈長之祚,則國家幸甚!臣民幸甚!

大眾瞧畢,便道甚好甚好,當有一大半署名簽字。俟武宗視朝,即當面呈遞。武宗略閱一周,不由的愁悶起來,退了朝,嗚嗚悲泣,過午不食。一派孩兒態。諸閹亦相對

流涕。武宗躊躇良久，乃遣司禮監王嶽、李榮等，赴閣與議，一日往返至三次，最後是傳述帝意，擬將劉瑾等八人，徙置南京。劉健推案大哭道：「先帝臨崩，執老臣手，囑付大事，今陵土未乾，遂使宦豎弄權，敗壞國事，臣若死，何面目見先帝？」謝遷亦正色道：「此輩不誅，何以副遺命？」王嶽見二人聲色俱厲，頗覺心折，慨然道：「閣議甚是。」遂出閣復旨。越日，諸大臣奉詔入議，至左順門，當由劉健提議道：「事將成了，願諸公同心協力，誓戮群邪。」尚書許進道：「過激亦恐生變。」健背首不答。許進之言，非無見地，劉健等亦未免過甚耳。忽見太監李榮，手持諸大臣奏牘，臨門傳旨道：「有旨問諸先生。諸先生愛君憂國，所言良是，但奴輩入侍有年，皇上不忍立誅，幸諸先生少從寬恕，緩緩的處治便了。」大眾相顧無言。韓文獨抗聲數八人罪，侍郎王鏊亦續言道：「八人不去，亂本不除。」榮答道：「上意原欲懲治八人。」王鏊又道：「倘再不懲治，將奈何？」榮答道：「不敢欺諸先生，榮頸中未嘗裹鐵，怎得欺人誤國？」劉健乃語諸大臣道：「皇上既許懲此八人，尚有何言？唯事在速斷，遲轉生變，明日如不果行，再當與諸公伏闕力爭。」諸大臣齊聲應諾，乃相率退歸。

武宗意尚未決，由司禮監王嶽，聯繫太監范亨、徐智等，再四密議，決議明旦發旨捕奸。時吏部尚書一職，已改任了焦芳，芳與瑾素來交好，聞得這般消息，忙著人

第四十四回 受主知三老承顧命 逢君惡八豎逞讒言

走報。瑾正與七個好友密議此事，得報後，都嚇得面如土色，伏案而哭。獨瑾尚從容自若，冷笑道：「你我的頭顱，今日尚架住頸上，有口能言，有舌能掉，何必慌張如此？」不愧為八虎首領。七人聞言，當即問計，瑾整衣起身道：「隨我來！」七人乃隨瑾而行。瑾當先引導，徑詣大內，時已天暮，武宗秉燭獨坐，心中忐忑不定。瑾率七人環跪座前，叩頭有聲。武宗正要啟問，瑾先流涕奏陳道：「今日非萬歲施恩，奴輩要碎死餵狗了。」說得武宗忽然動容，便道：「朕未降旨拿問，如何遽出此言？」瑾又嗚咽道：「外臣交劾奴輩，全由王嶽一人主使，嶽與奴輩同侍左右，如何起意加害？」武宗道：「怕不是麼！」瑾又道：「王嶽外結閣臣，內製皇上，恐奴輩從中作梗，所以先發制人，試思狗馬鷹犬，何損萬機，嶽乃造事生風，傾排異己，其情可見。就是閣臣近日，亦多驕蹇，不循禮法，若使司禮監得人，遇事裁製，左班官亦怎敢如此？」輕輕數語，已將內外臣工，一網打盡。武宗道：「王嶽如此奸刁，理應加罪。只閣員多先帝遺臣，一時不便處置。」瑾又率七人叩首泣奏道：「奴輩死不足惜，恐眾大臣挾制萬歲，監督自由，那時要太阿倒持呢。」對症發藥，真是工讒。武宗素性好動，所慮唯此，不禁勃然怒道：「朕為一國主，豈受閣臣監製麼？」中計了。瑾又道：「但求宸衷速斷，免致掣肘。」再逼一句，凶險尤甚。武宗即提起硃筆，立書命劉瑾入掌司禮監，兼提督團營，邱聚提

督東廠，谷大用提督西廠，張永等分司營務，飭錦衣衛速逮王嶽下獄。數語寫畢，交與劉瑾，照旨行事。瑾等皆大歡喜，叩謝退出，當夜拿住王嶽，並將范亨、徐智等，一律拘至，拷掠一頓。

到了天明，諸大臣入朝候旨，不意內旨傳出，情事大變，料知事不可為，於是劉健、謝遷、李東陽皆上疏求去。瑾矯旨准健、遷致仕，獨留李東陽。東陽再上書道：「臣與健、遷，責任相同，獨留臣在朝，何以謝天下？」有旨駁斥。看官道是何故？原來閣議時健嘗推案，遷亦主張誅佞，唯東陽緘默無言，所以健、遷被黜，東陽獨留。究竟是少說的好，無怪忠臣短氣。一面令尚書焦芳，入為文淵閣大學士，侍郎王鏊，兼翰林學士，入閣預機務。鏊曾議除八人，乃尚得入閣，想是官運尚亨。充發太監王嶽等至南京。嶽與亨次途中，為刺客所殺。唯徐智被擊折臂，幸虧逃避得快，還得保全性命，這個刺客，看官不必細猜，想總是瑾等所遣了。劉健、謝遷、致仕出都，李東陽祖道餞行，飲甫數杯，即嘆息道：「公等歸鄉，留我在此，也是無益，可惜不得與公同行。」言畢為之泣下。健正色道：「何必多哭！假使當日多出一言，也與我輩同去了。」東陽不禁慚沮，俟健、遷別後，悵悵而返。小子有詩詠道：

第四十四回　受主知三老承顧命　逢君惡八豎逞讒言

名利從來不兩全，忠臣自好盡歸田。

怪他伴食委蛇久，甘與權閹作並肩。

嗣是中外大權，悉歸劉瑾，瑾遂橫行無忌，種種不法情形，待至下回再敘。

自李廣畏懼自殺，按籍始知其貪婪，於是孝宗又黜佞崇賢，未有不令人瞻仰者也。惜乎天不假年，享年僅三十有六，即行崩逝。嗣主踐阼，八豎弄權，劉健等矢志除奸，力爭朝右，不得謂非忠臣，但瑾等甫恃主寵，為惡未稔，果其徙置南京，膵隔天顏，當亦不致禍國，必欲迫之死地，則困獸猶鬥，況人乎？尚書許進之言，頗耐深味，惜乎劉健等之未及察也。要之嫉惡不可不嚴，尤不可過嚴，能如漢之郭林宗，唐之郭汾陽，則何人不可容？何事不可成？否則兩不相容，勢成冰炭，小人得志，而君子無噍類矣。明代多氣節士，不能挽回氣運，意在斯乎？

第四十五回 劉太監榜斥群賢　張吏部強奪彼美

卻說劉瑾用事，肆行排擊，焦芳又與他聯繫，表裡為奸，所有一切政令，無非是變更成憲，桎梏臣工，杜塞言路，酷虐軍民等情。給事中劉範、呂翀，上疏論劉瑾奸邪，棄逐顧命大臣，乞留劉健、謝遷，置瑾極典云云。武宗覽疏大怒，立飭下獄。這疏草傳至南京，兵部尚書林瀚，一讀一擊節道：「這正是今世直臣，不可多得呢！」南京給事中戴銑，素有直聲，聞林瀚稱賞呂、劉，遂與御史薄彥徽，拜疏入京，大旨言元老不可去，宦豎不可任，說得淋漓感慨，當由劉瑾瞧著，忿恨的了不得。適值武宗擊球為樂，他竟送上奏本，請為省決。惡極。武宗略閱數語，便擲交劉瑾道：「朕不耐看這等胡言，交你去辦罷！」昏憒之至。劉瑾巴不得有此一語，遂傳旨盡逮諫臣，均予廷杖，連劉範、呂翀兩人，亦牽出獄中，一併杖訖。南京御史蔣欽，亦坐戴銑黨得罪，杖後削籍

第四十五回　劉太監榜斥群賢　張吏部強奪彼美

為民。出獄甫三日，欽復具疏劾瑾，得旨重逮入獄，再杖三十，舊創未復，新杖更加，打得兩股上血肉模糊，伏在地上，呻吟不絕。錦衣衛問道：「你再敢胡言亂道麼？」欽厲聲道：「一日不死，一日要盡言責。」愚不可及。錦衣衛復將他系獄，昏昏沉沉了三晝夜，才有點甦醒起來，心中越想越憤，又向獄中乞了紙筆，起草劾瑾，方握管寫了數語，忽聞有聲出自壁間，淒淒楚楚，好像鬼嘯，不禁為之擱筆。聽了一回，聲已少息，復提筆再書，將要脫稿，鬼聲又起，案上殘燈，綠焰熒熒，似滅未滅，不由的毛髮森豎，默忖道：「此疏一入，諒有奇禍，想系先靈默示，不欲我草此疏呢。」當下整了衣冠，忍痛起立，向燈下祝道：「果是先人，請厲聲以告。」祝禱方罷，果然聲淒且厲，頓令心神俱灰，揭起奏稿，擬付殘焰，忽又轉念道：「既已委身事主，何忍緘默負國，貽先人羞？」遂奮筆草成，唸了一遍，矍然道：「除死無大難，此稿斷不可易呢。」鬼聲亦止。欽竟屬獄吏代為遞入，旨下又杖三十，這次加杖，比前次更加屬害，這明是暗中受囑，加杖過重，令其速斃耳。杖止三十，連前亦不過九十，安能立刻斃人，至拖入獄中，已是人事不省，捱了兩夜，竟爾斃命。唯諫草流傳不朽，其最末一奏，小子還是記得，因錄述於後。其詞道：

臣與賊瑾，勢不兩立，賊瑾蓄惡，已非一朝，乘間啟釁，乃其本志。陛下日與嬉遊，茫茫不知悟，內外臣庶，懍如冰淵，臣昨再疏受杖，血肉淋漓，伏枕獄中，終難自默，願借上方劍斬之。朱云何人，臣肯稍讓。臣骨肉都銷，涕泗交作，七十二歲之老父，不復顧養，死何足惜？但陛下覆國亡家之禍，起於旦夕，是大可惜也。陛下不殺此賊，當先殺瑾，梟之午門，使天下知臣欽有敢諫之直，陛下有誅賊之明。陛下不殺此賊，當先殺臣，使臣得與龍逢、比干，同遊地下，臣誠不願與此賊並生也。臨死哀鳴，伏冀裁擇。

這時候的姚江王守仁，任兵部主事（王文成為一代大儒，所以特書籍貫），見戴銑等因諫受罪，也覺忍耐不住，竟誠誠懇懇的奏了一本。哪知這疏並未達帝前，由劉瑾私閱一遍，即矯詔予杖五十，已斃復甦，謫貴州龍場驛丞。守仁被謫出京，至錢塘，覺有人尾躡而來，料係為瑾所遣，將置諸死，遂設下一計，乘著夜間，佯為投江，浮冠履於水上，遺詩有「百年臣子悲何極？夜夜江潮泣子胥」二語。自己隱姓埋名，遁入福建武夷山中。嗣因父華欲職南京，恐致受累，乃仍赴龍場驛。那時父華已接到中旨，勒令歸休去了。戶部尚書韓文，為瑾所嗛，日伺彼短，適有偽銀輸入內庫，遂責他失察，詔降一級致仕。給事中徐昂疏救，亦獲譴除名。文乘一贏而去。瑾又恨及李夢陽，矯詔下夢陽獄中，因前時為文草疏，竟欲加以死罪。夢陽與修撰康海，素以詩文相倡和，至是浼

第四十五回　劉太監榜斥群賢　張吏部強奪彼美

康設法，代為轉圜。康與瑾同鄉，瑾頗慕康文名，屢招不往，不得已往謁劉瑾。瑾倒屣出迎，相見甚歡。康乃替夢陽緩頰，才得釋獄。為友說情，不得謂康海無恥。嗣是閹焰熏天，朝廷黜陟，盡由劉瑾主持，批答章奏，歸焦芳主政。所有內外奏本，分為紅本白本二種。廷臣入奏，必向劉瑾處先上紅本。一日，都察院奏事，封章內偶犯劉瑾名號，瑾即命人詰問，嚇得掌院都御史屠滽，魂飛天外，忙率十三道御史，至瑾宅謝罪，大家跪伏階前，任瑾辱罵。瑾罵一聲，大眾磕一個響頭，至瑾已罵畢，還是不敢仰視，直待他厲聲叱退，方起身告歸。屠滽等原是可鄙，一經演述，愈覺齷齪不堪。瑾以大權在手，索性將老成正士，一古腦兒目為奸黨，盡行擯斥，免得他來反對。當下矯傳詔旨，榜示朝堂，其文云：

朕以幼沖嗣位，唯賴廷臣輔弼其不逮，豈意去歲奸臣王嶽、范亨、徐智竊弄威福，顛倒是非，私與大學士劉健、謝遷，尚書韓文、楊守隨、林瀚，都御史張敷萃、戴珊，郎中李夢陽，主事王守仁、王綸、孫槃、黃昭，檢討劉瑞，給事中湯禮敬、陳霆、徐昂、陶諧、劉郤、艾洪、呂翀、任惠、李光翰、戴銑、徐蕃、牧相、徐暹、張良弼、葛嵩、趙仕賢，御史陳琳、貢安甫、史良佐、曾蘭、王弘、任諾、李熙、王蕃、葛浩、陸昆、張鳴鳳、蕭乾元、姚學禮、黃昭道、蔣欽、薄彥徽、潘鏜、王良臣、趙祐、何天

衢、徐玨、楊瑋、熊偉、朱廷聲、劉玉翰、倪宗正遞相交通，彼此穿鑿，各反側不安，因自陳休致。其敕內有名者，吏部查令致仕，毋俟懇辭，追悔難及。切切特諭！

榜示後，且召群臣至金水橋南，一律跪伏，由鴻臚寺官朗讀此諭，作為宣戒的意思。群臣聽罷詔書，個個驚疑滿面，悲憤填膺。自是與瑾等不合的人，見機的多半乞休，稍稍戀棧，不遭貶謫，即受枷杖，真所謂豺狼當道，善類一空呢。到了正德三年，午朝方罷，車駕將要還宮，忽見有遺書一函，拾將起來，大略一瞧，乃是匿名揭帖，內中所說，無非是劉瑾不法情事，當即飭交劉瑾自閱。瑾心下大憤，仗著口材，辯了數語，武宗也無暇理論，逕自返宮。瑾即至奉天門，立傳眾官到來，一起一起的跪在門外，前列的是翰林官，俯首泣請道：「內官優待我等，我等方感激不遑，何敢私訐劉公公？」哀求如此，斯文掃地。劉瑾聞言，把頭略點，舉起右肱一揮，著翰林官起去。後列的是御史等官，見翰林院脫了干係，也照著哀訴道：「我等身為台官，悉知朝廷法度，哪敢平空誣人？」瑾聞言獰笑道：「諸君都係好人，獨我乃是奸賊，你不是奸賊，何人是奸賊？如果與我反對，盡可出頭告發，何必匿名攻訐，設計中傷。」說至此，竟恨恨的退入內室去了。眾官不得發放，只好仍作矮人，可憐時當盛暑，紅日炎蒸，大眾衣冠跪著，不由的臭汗直淋，點滴不止。太監李榮看他狼狽情

第四十五回　劉太監榜斥群賢　張吏部強奪彼美

狀，頗覺不忍，恰令小太監持與冰瓜，擲給眾官，俾他解渴，一面低聲勸慰道：「現時劉爺已經入內，眾位暫且自由起立。」眾官正疲倦得很，巴不得稍舒筋骨，彼此聽了李榮言語，起立食瓜，瓜未食完，只見李榮急急走報導：「劉爺來了！來了！」大眾忙丟下瓜皮，還跪不迭。犬家不如。劉瑾已遠遠窺見情形，一雙怪眼，睜得如銅鈴相似，至走近眾官面前，恨不得吞將下去。還是太監黃偉，看了旁氣不服，對眾官道，「書中所言，都是為國為民的事，究竟哪一個所寫？好男子，一身做事一身當，何必嫁禍他人？」劉瑾聽了為國為民四字，怒目視黃偉道：「什麼為國為民，御道蕩平，乃敢置諸匿名揭帖，好男子豈幹此事？」說罷，復返身入內。未幾有中旨傳出，撤去李榮、黃偉差使。榮與偉太息而去。等到日暮，眾官等尚是跪著，統是氣息奄奄，當由小太監奉了瑾命，一齊驅入錦衣衛獄中，共計三百多名，一大半受了暑症。越日，李東陽上疏救解，尚未邀准，過了半日，由瑾察得匿名揭帖，乃是同類的閻人所為，樂得賣個人情，把眾官放出獄中。三百人踉蹡回家，刑部主事何鈗，順天推官周臣，禮部進士陸伸，已受暑過重，竟爾斃命。死得不值。

是時東廠以外，已重設西廠（應上文且補前未明之意）。劉瑾意尚未足，更立內廠，自領廠務，益發喜怒任情，淫刑求逞。逮前兵部劉大夏下獄，坐成極邊，黜前大學士劉

058

健、謝遷為民，外此如前戶部尚書韓文，及前都御史楊一清等，統以舊事干連，先後逮繫。經李東陽、王鏊等，連疏力救，雖得釋出，仍令他罰米若干，充輸塞下。眾大臣兩袖清風，素鮮蓄積，免不得鬻產以償。還有一班中等人民，偶犯小過，動遭械繫，一家坐罪，無不累及親鄰。又矯旨驅逐客籍傭民，勒令中年以下寡婦盡行再醮；停棺未葬的，一概焚棄。名為肅清蠧穀，實是藉端婪索。京中人情洶洶，未免街談巷議。瑾且令人監謗，遇有所聞，立飭拿問，杖答兼施，無不立斃。他還恐武宗干涉，乘間慫恿，請在西華門內，造一密室，勾連櫛比，名曰豹房，廣選諧童歌女，入豹房中，陪侍武宗，日夜縱樂。武宗性耽聲色，還道是劉瑾好意，越加寵任。因此瑾屢屢矯旨，武宗全然未聞。李東陽委蛇避禍，與瑾尚沒甚嫌隙。王鏊初留閣中，還想極力斡旋，嗣見瑾益驕悖，無可與言，乃屢疏求去。廷臣還防他因此致禍，迨經中旨傳出，准他乘傳歸鄉，人人稱為異數。鏊亦自幸卸肩，即日去訖。乞休都要防禍，真是荊棘盈塗。

此時各部尚書，統系劉瑾私人，都御史劉宇，本由焦芳介紹，得充是職，他一意奉承劉瑾，與同濟惡。凡御史中小有過失，輒加答責，所以深合瑾意。瑾初通賄賂，不過數百金，至多亦只千金，宇一出手，即以萬金為贄儀。可謂慷慨。瑾喜出望外，嘗謂劉先生厚我。宇聞言，益多饋獻。未幾即升任兵部尚書，又未幾晉職吏部尚書。宇在兵

第四十五回　劉太監榜斥群賢　張吏部強奪彼美

部，得內外武官賄賂，中飽甚多，他自己享受了一半，還有一半送奉劉瑾。及做了吏部尚書，進帳反覺有限，更兼銓選郎張綵，系劉瑾心腹，從中把持，所有好處，被他奪去不少。宇嘗自嘆道：「兵部甚好，何必吏部。」這語傳入瑾耳，瑾即邀劉宇至第，與飲甚歡，酒至數巡，瑾語劉宇道：「聞閣下厭任吏部，現擬轉調入閣，未知尊意何如？」宇大喜，千恩萬謝，盡興而去。次日早起，穿好公服，先往劉瑾處申謝，再擬入閣辦事。瑾微哂道：「閣下真欲入相麼？這內閣豈可輕入？」想是萬金，未曾到手。宇聞此言，好似失去了神魂一般，呆坐了好半天，方快快告別。次日即遞上乞省祖墓的表章，致仕去了。腰纏已足，何必戀棧，劉宇此去，還算知機。

宇既去位，張綵即頂補遺缺，不如饋瑾若干。變亂選格，賄賂公行，金帛奇貨，輸納不絕。蘇州知府劉介，貪緣張綵，由綵一力提拔，入為太常少卿。介在京納妾，雖系小家碧玉，卻是著名尤物。綵素好色，聞著此事，便盛服往賀，介慌忙迎接，殷勤款待。飲了幾觥美酒，綵便要嘗識佳人，介不能卻，只得令新人盛妝出見，屏門開處，見兩名侍女，擁著一個麗姝，慢步出來，環珮聲清，脂粉氣馥，已足令人心醉，加以體態輕盈，身材裊娜，彷彿似嫦娥出現，仙女下凡，走至席前，輕輕的道聲萬福，斂衽下拜。驚得張綵還禮不及，急忙離座，竟將酒杯兒撞翻。綵尚不及覺，至新人禮畢入內，

060

方知袍袖間被酒淋漓,連自己也笑將起來。描摹盡致。早有值席的侍役,上前揩抹,另斟佳釀,接連又飲了數杯。酒意已有了七八分,彩忽問介道:「足下今日富貴,從何得來?」介答道:「全出我公賞賜。」彩微笑道:「既然如此,何物相報?」介不暇思索,信口答道:「一身以外,統是公物。憑公吩咐,不敢有私。」彩即起座道:「足下已有明命,兄弟何敢不遵?」一面說著,一面即令隨人入內,密囑數語,那隨役竟搶入房中,擁出那位美人兒,上輿而去。彩亦一躍登輿,與介拱手道:「生受了,生受了。」兩語甫畢,已似風馳電掣一般,無從追挽。劉介只好眼睜睜的由他所為,賓眾亦驚得目瞪口呆,好一歇,方大家告別,勸慰主人數語,分道散去。介只有自懊自惱罷了。到口的肥羊肉,被人奪去,安得不惱。

張彩奪了美人,任情取樂,自在意中。過了數月,又不覺厭棄起來,聞得平陽知府張恕家,有一愛妾,豔麗絕倫,便遣人至張恕家,諷他獻納。恕自然不肯,立即拒復。彩即運動同僚,誣劾恕貪墨不職,立逮入京。法司按問,應得謫官論戍,恕受此風浪,未免驚駭,正要鑽營門路,打點疏通,忽見前番的說客,又復到來,嘻嘻大笑道:「不聽我言,致有此禍。」恕聽著,方知被禍的根苗,為珍惜愛妾起見,愈想愈惱,對了來使,復痛罵張彩不絕。來使待他罵畢,方插

第四十五回　劉太監榜斥群賢　張吏部強奪彼美

口道：「足下已將張尚書罵殺了，試問他身上，有一毫覺著麼？足下罪已坐定了，官又丟掉了，將來還恐性命難保，世間有幾個綠珠，甘心殉節，足下倘罹不測，幾個妾媵，總是散歸別人，何不先此回頭？失了一個美人，保全無數好處哩。」說得有理。恕沈吟一回，嘆了口氣，垂首無言。來使知恕意已轉，即刻趨出，竟著驛使至平陽，取了張恕愛妾，送入張彩府中，恕方得免罪。

小子有詩嘆道：

畢竟傾城是禍胎，為奴受辱費遲迴。
紅顏一獻官如故，我道黃堂尚有才。

閹黨竊權，朝政濁亂，忽報安化王寅，戕殺總兵官，傳檄遠近，聲言討瑾，居然造反起來。欲知成敗情形，且待下回續表。

本回純為劉瑾立傳，見得劉瑾無惡不為，比前時王振、曹吉祥、汪直一流人物，尤為狠戾，讀之尤令人切齒。李東陽委蛇其間，尚得久居相位，無怪世人以顏譏之。然陳太邱之吊張讓，亦自有枉尺直尋之見，不得全為東陽咎也。劉宇、張彩，皆系閹黨，劉宇去而張彩得勢，兩奪他人愛妾，無人訐發，明廷尚有公理乎？吾謂明臣未必畏張彩，

062

實畏劉瑾,金水橋之聽詔,奉天門之跪伏,令人膽怵心驚,何苦為劉介、張恕一伸冤憤。且介亦自取其咎,恕復仍得好官,多得少失,無怪其盡為仗馬寒蟬也。武宗不明,甘聽閹黨之播弄,國之不亡,猶幸事耳。

第四十五回　劉太監榜斥群賢　張吏部強奪彼美

第四十六回　入檻車叛藩中計　縛菜廠逆閹伏辜

卻說安化王寘，系慶靖王朱曾孫，為太祖第十六子，就封寧夏，其第四子秩炵，於永樂十九年間，封安化王，孫寘襲爵。素性狂誕，覷覦非分，嘗信用一班術士，為推命造相體格，俱言後當大貴。還有女巫王九兒，教鸚鵡妄言禍福，鸚鵡見了寘，輒呼他為老皇帝，寘益自命不凡，暗結指揮周昂，千戶何錦、丁廣等，作為爪牙，招兵買馬，伺機而動。會值正德五年，瑾遣大理寺少卿周東，至寧夏經理屯田，倍徵租賦。原田五畝，勒繳十畝的租銀，原田五十畝，勒繳百畝的租銀，兵民不能照償，敲撲脅迫，備極慘酷。更兼巡撫安唯學，系劉瑾私人，抵任後，一味行使威福，甚至將士犯過，杖及妻孥。必杖其妻何為？想是愛看白臀肉。部眾恨至切骨。寧夏衛諸生孫景文，與寘素相往來，遂入見寘道：「殿下欲圖大事，何勿乘此機會，倡眾舉義？」寘大喜，即由景文

第四十六回　入檻車叛藩中計　縛菜廠逆閹伏辜

家置酒，邀集被辱各武弁，暢飲言歡。席間說及寔素有奇徵，可輔為共主，趁此除滅貪官，入清閹黨，不但宿憤可銷，而且大功可就。各武弁都欣然道：「願如所教。就使不能成事，死亦無恨！」當下歃血為盟，訂定始散。景文即轉告寔，寔遂密約周昂、何錦、丁廣等，即日起事。

可巧陝邊有警，游擊將軍仇鉞，及副總兵周英，率兵出防。總兵姜漢，別簡銳卒六十人為牙將，令周昂帶領，何錦為副。昂、錦兩人，遂與寔定計，借設宴為名，誘殺巡撫總兵以下各官。總兵姜漢，及鎮守太監李增、鄧廣漢等，惘惘到來，入座宴飲，唯周東及安唯學不至。大家正酣飲間，忽見周昂、何錦等，持刀直入，聲勢洶洶。姜漢慌忙起座，正要啟問原因，誰知頭上已著了一刀，頓時暈倒，再復一刀，結果性命。李增、鄧廣漢，無從脫逃，也被殺死。當下糾眾至巡撫署，把安唯學一刀兩段，轉至周少卿行轅，又將周東拖出，也是一刀了結。殺得爽快。寔遂令景文草檄，聲討劉瑾，及張彩諸人罪狀，傳布邊鎮，一面焚官府，劫庫藏，放罪囚，奪河舟，製造印章旗牌，令何錦為討賊大將軍，昂、廣為左右副將軍，景文為軍師，招平鹵城守將張欽為先鋒，定期出師，關中大震。

陝西守吏，忙遣使飛驛馳奏，瑾尚想隱瞞過去，暫不上聞，只矯旨飭各鎮固守，命游擊將軍仇鉞，及興武營守備保勛，發兵討逆，及至鎮，鉞方駐玉泉營，聞實謀叛，率眾還鎮，途次遇實使人勸他歸降，鉞佯為應諾，及至鎮，臥病不出。實因他久歷戎行，熟悉邊疆形勢，隨時遣何錦、周昂等，往詢戰守事宜。仇鉞道：「朝內閹黨，煞是可恨，今由王爺仗義舉兵，較諸太宗當日，還要名正言順，可惜屢驅遇疾，一時不能效命，俟得少愈，即當為王前驅，入清君側呢。」何錦頗也狡黠，恐他言不由衷，隨答道：「仇將軍情義可感，現有貴恙，總宜保養要緊，唯麾下兵精士練，還乞暫借一用，幸勿推卻！」鉞不待思索，便答道：「彼此同心，何必言借？」說著，即將臥榻內所貯兵符，交與何錦。錦喜形於色，接受而去。何錦乖，不知仇鉞尤乖。

鉞乃暗遣心腹，密約保勛兵至，裡應外合。適陝西總兵曹雄，亦遣人持書約鉞，具言楊英、韓斌、時源等，各率兵屯紮河上，專待進兵，請為接應等語。鉞拈鬚半晌，計上心來，婉覆來人去訖，當即報告實，謂官軍已集河東，請速派兵阻住，毋使渡河。實自然相信，亟遣何錦等往截渡口，僅留周昂守城。實復出城祭祀社稷旗纛等神，使人呼鉞陪祭，鉞復以疾辭。實祭畢返城，遣周昂往視鉞病，鉞暗中布置壯士，俟昂入寢室，由壯士握著鐵錘，從後猛擊，可憐他腦漿迸流，死於非命。鉞即一躍起床，披甲仗劍，

第四十六回　入檻車叛藩中計　縛菜廠逆閹伏辜

跨馬出門，帶著壯士百餘人，直抵城下。城卒見是仇鉞到來，只道他病羔已痊，前來效力，忙大開城門接入。鉞等擁入安化王府，湊巧孫景文等出來迎接，鉞竟指揮壯士，出其不意，將他拿下，一共捉住十餘人，再大著步趨入內廳。實方聞外庭呼噪，搶步出視，兜頭遇著仇鉞，剛欲上前握手，不防鉞右臂一揮，竟將實撲倒，壯士從後趨上，立刻把實揪住，綁縛起來，實才曉得是中計，追悔也不及了。以百餘人往執實如縛犬豕一般，此等庸奴，還想做皇帝，可笑！實子台潛，及黨羽謝廷槐、韓廷璋、李蕃、張會通等忙來搶救，又被鉞率著壯士，抖擻精神，將他打倒，一併擒住。統是不中用的人物。

隨即搜出安化王印信，鈐紙書檄，命何錦速還。何錦部下，有都指揮鄭卿，與仇鉞素來認識，鉞遣部將古興兒，密勸鄭卿反正，使圖何錦。錦留丁廣等守河，方率眾退歸，不防鄭卿已運動軍士，中途為變，事起倉猝，如何抵擋？錦只好孤身西走。其時曹雄、保勛等已渡河而西，殺敗丁廣、張欽諸人，丁、張等也向西竄去。適與何錦相遇，同奔賀蘭山。官軍陸續往追，至賀蘭山下，堵住山口，分兵向山中搜尋，把丁廣、張欽等捉得一個不留。統計實倡亂，只有十八日，便即蕩平。

京中尚未接捷音，只聞著仇鉞助逆消息，劉瑾也遮瞞不住，沒奈何入報武宗。武宗忙集諸大臣會議，李東陽奏請宥充軍罰米官員，停徵糧草等件，冀安人心。劉瑾尚有難

色，武宗此時，也不能顧及劉瑾，竟照東陽所奏，頒詔天下，覆命涇陽伯神英充總兵官，太監張永監軍，率京營兵前往討逆。廷臣請起用前右都御史楊一清，提督軍務，武宗亦唯言是從，立召一清入朝，託付兵權。急時抱佛腳，可見武宗全無成心。劉瑾與一清不合，獨矯詔改戶部侍郎陳震，為兵部侍郎，兼僉都御史，一同出征。明是監製一清。各將帥方出都門，仇鉞等捷書已到，乃召涇陽伯神英還都，命張永及楊一清等，仍往寧夏安撫。時道路相傳，總督率京營兵至，將屠寧夏，一清恐謠言激變，亟遣百戶韋成齎牌曉諭，略稱：「大憝已擒，地方無事，朝廷但遣重臣撫定軍民，斷不妄殺一人。」云云。既至寧夏，又出示：「朝廷止誅首惡，不問脅從，各部官員，不許聽人誣陷，敢有流造訛言，當以軍法從事！」於是浮言頓息，兵民安堵。太監張永，檄鎮守撫按，逮捕黨犯千餘人。一清分別輕重，重罪逮繫，輕犯釋放，先遣侍郎陳震，押解寘等入京，自與張永留鎮待命。實等到京伏誅，有旨令張永回朝，封仇鉞為咸寧伯，留楊一清總制三邊軍務。一場逆案，總算了清。

先是楊一清與張永西行，途中談論軍事，很是投機，至講及劉瑾情狀，永亦恨不平，一清探他口氣，才知劉瑾未柄政時，原與張永等莫逆，到了專權以後，張永等有所陳請，瑾俱不允。又嘗欲以他事逐永，永巧為趨避，方得免禍。密談了好幾日。一

第四十六回　入檻車叛藩中計　縛菜廠逆閹伏辜

清方扼腕嘆道：「藩宗有亂，還是易除。宮禁大患，不能遽去，如何是好？」永驚問何故？一清移座近永，手書一瑾字。除去此獠，益見有勢不可行盡。永亦附耳語道：「瑾日夕內侍，獨得恩寵，皇上一日不見瑾，即鬱鬱寡歡，今羽翼既成，耳目甚廣，欲要除他，恐非易事。」一清悄悄答道：「公亦是皇上信臣，今討逆不遣他人，獨命公監軍，上意可知。公若班師回朝，伺隙與皇上語寧夏事，上必就公，公但出實偽檄，並說他亂政矯旨，謀為不軌，海內愁怨，大亂將起，我料皇上英武，必聽公誅瑾。瑾誅後，公必大用，那時力反瑾政，收拾人心，呂強、張承業後勁，要算公為後勁，千載間只有三人，怕不是流芳百世麼？」說得娓娓動聽，非滿口阿諛者可比。永皺眉道：「事倘不成，奈何？」一清道：「他人奏請，成否未可知，若公肯極言，無不可成。萬一皇上不信，公頓首哀泣，願死上前，上必為公感動，唯得請當即施行，毋緩須臾，致遭反噬。」永聽言至此，不覺攘臂起座道：「老奴何惜餘年，不肯報主？當從公所言便了。」一清大喜，又稱揚了好幾句。至張永奉旨還朝，一清餞別，復用指蘸著杯中餘滴，在席上畫一瑾字。永點首會意，拱手告別。將至京，永請以八月望日獻俘，瑾故意令緩。原來瑾有從孫二漢，由術士餘明，推算星命，據言福澤不淺，該有九五之尊。又是術士妄言致禍，可為迷信者戒。瑾頗信

070

以為真，暗中增置衣甲，聯繫黨羽，將於中秋起事。適值瑾兄都督劉景祥，因病身亡，不至殺身，好算運氣。瑾失一幫手，未免窘迫。永又請是日獻俘，已嘩傳劉瑾逆謀，眾口一詞，只有這位荒誕淫樂的武宗，還一些兒沒有知曉。昏憒至此，不亡僅耳。

張永到京，恰有人通風與他，他即先期入宮，謁見武宗。獻俘已畢，武宗置酒犒勞，瑾亦列席，從日中飲到黃昏，方才撤席，瑾因另有心事，稱謝而出。又將瑾逆謀日期，待至大眾散歸，方叩首武宗前，呈上真偽檄，並陳瑾不法十七事。又將瑾逆謀日期，一一奏聞。武宗時已被酒，含糊答道：「今日無事，且再飲數杯！」禍在眉睫，尚作此言，可發一笑。永答道：「陛下暢飲的日子，多著呢。現在禍已臨頭，若遲疑不辦，明日奴輩要盡成韲粉了。」武宗被他一激，不覺酒醒了一大半，便道：「不但奴輩將成韲粉，就是萬歲亦不能長享安樂呢！」武宗道：「我好意待他，他敢如此負我麼？」正說著，太監馬永成亦入報導：「萬歲不好了！劉瑾要造反哩。」武宗道：「果真嗎？」永成道：「外面已多半知曉，怎麼不真？」永復插口道：「請萬歲速發禁兵，往拿逆賊。」武宗道：「甚好，便著你去幹罷！我到豹房待你。」永立即趨出，傳召禁卒，竟至劉瑾住宅，把他圍住。時已三鼓，永麾兵壞門直入，徑趨內寢。瑾方在黑甜鄉

第四十六回　入檻車叛藩中計　縛菜廠逆閹伏辜

中,做著好夢,是否夢做太上皇?驀地裡人聲喧雜,驚逐夢魘,披衣起問,一闖寢門,即遇張永,永即朗聲道:「皇上有旨,傳你去呢!」瑾問道:「皇上在哪裡?」永復道:「到了豹房,便知分曉。」瑾顧家人道:「半夜三更,何事宣召?這真奇怪呢!」永答道:「現在豹房。」瑾整了衣冠,昂然趨出。行未數步,即有禁兵上前,將他縛住,瑾尚是呵叱不休,禁兵不與計較,亂推亂扯的,牽了出去,連夜啟東朱門,縛瑾菜廠內。

越日早朝,武宗即將張永所奏,曉示閣臣,閣臣面奏道:「非查抄劉瑾府中,不足證明謀反的真假,恐瑾尚不肯認罪呢!」武宗遲疑半晌道:「待朕自往查抄便了。」言下尚有疑衷。即帶著文武百官,親至瑾宅,由錦衣衛一一搜尋,自外至內,無不檢取,共得金二十四萬錠,又五萬七千八百兩,元寶五百萬錠,一百五十八萬三千六百兩,寶石二斗,奇異珍玩,不計其數。還有八爪金龍袍四件,蟒衣四百七十件,衣甲千餘,弓弩五百,最可怪的是兩柄貂毛扇,扇柄上暗藏機栝,用手扳機,竟露出寒光閃閃的一具匕首。武宗不禁瞠目道:「好膽大的狗奴!他果然謀逆了。」到此方深信嗎?乃整駕回朝,立傳旨下瑾詔獄,盡法審鞫,一面鉤捕逆黨,把吏部尚書張彩,錦衣衛指揮楊玉,石文義等,一併下獄。於是六科十三道,共劾瑾罪,一古腦兒有三四十條,就是劉瑾門下的李憲,也上書劾瑾,比別人更說得出透。大家打落水狗,如李憲輩,更是狗自相嚙。

劉瑾聞李憲訐奏，冷笑道：「他是我一手提拔，今也來劾我麼？」誰叫你去提拔他？越日廷訊逆案，牽瑾上階。刑部尚書劉璟，見了瑾面，不由的臉紅耳熱，連一句話都說不出來。平日黨附鉅奸，至此不便落臉，我還說他厚道。瑾睜著兩眼，厲聲道：「滿朝公卿，盡出我門，哪個敢來審我？」不啻自供。眾官聞言，多面面相覷，退至後列，獨有一人挺身出語道：「我敢審你。我是國家懿戚，未嘗出入你門，怎麼不好審你？」瑾瞧將過去，乃是駙馬都尉蔡震，也不覺吃了一驚。蔡震又道：「公卿百官，統是朝廷命吏，你乃雲出你門下，目無皇上，應得何罪？」隨叱左右道：「快與我批頰！」左右不敢違慢，把劉瑾的兩頰上，狠狠的撻了數十下，瑾禁不住叫痛起來。答杖別人，比你痛苦何如。震復叱道：「你在家中，何故擅藏弓甲？」瑾支吾一會，方說道：「這、這是保衛皇上呢！」震笑道：「保衛皇上，須置在宮禁中，如何藏著你室？就是龍袞蟒袍，亦豈你等可服？若非謀為不軌，那得制此衣物？真跡已露，還有何辯？」這數語，說得劉瑾啞口無言，只好匍伏叩頭。震即令牽還獄中，入內復旨。即日下詔，謂逆瑾罪狀確鑿，毋庸復訊，著即磔死。所有逆瑾親屬，一律處斬。於是威焰熏天的逆閹，竟遭臠割，都人士爭啖瑾肉，以一錢易一臠，頃刻而盡。肉不足食，都人士獨不怕醃臢？想做皇帝的結果嗎？二漢瑾親族十五人，一一伏法，從孫二漢，自然也賞他一刀。二漢臨

第四十六回　入檻車叛藩中計　縛菜廠逆閹伏辜

刑時，涕淚滿頤道：「我原是該死，但我家所為，統是焦芳、張彩兩人，攛掇起來。張彩今亦下獄，諒他也不能倖免，獨焦芳安然歸里，未見追逮，我心實是未甘呢。」原來焦芳、張彩，先後附瑾，芳嘗稱瑾為千歲，自稱門下，瑾安作妄行，多半由芳嗾使，及張彩得勢，芳勢少衰，彩於瑾前舉芳陰事，瑾即當眾辱芳，芳慚沮乞歸，距瑾死不過兩月餘。張彩獄成擬斬，他竟在獄斃命，下詔磔屍，指揮劉玉、石文義等，皆處死，唯芳止除名。芳子黃中，已由侍讀升任侍郎，性甚狂恣。芳有美妾，系土官岑濬家眷，濬得罪沒入，為芳所據。黃中也覺垂涎，平時在父左右，已不免與那美人兒，有眉挑目逗等情，及芳失勢將歸，愁悶成疾，他竟以子代父，把美人兒誘入己室，居然解衣同寢，至焦芳除名，那美人兒仍得團圓，較諸張彩之死，不容二妾陪去，所得多矣。外如戶部尚書劉璣、兵部侍郎陳震等，統削籍為民。小子有詩詠道：

一陽稍復化冰山，天道難雲不好還。
到底惡人多惡報，刑場相對淚空潸。

罪人伏法，有功的例當封賞，張永以下諸人，又彈冠相慶了。欲知詳細，請閱下回。

有劉瑾之不法，而後有寘之叛。有寘之為逆，而後有劉瑾之誅。兩兩相因，同歸於盡，不得謂非武宗之幸事。天意不欲亡明，因使寘作亂，以便張、楊二人之定謀，卒之處心積慮之二凶，一則甫出而遽就縛，一則未戰而即成擒，外憂方弭，內患復除，謂非天祐得乎？不然，如昏迷沉湎之武宗，乃能倉猝定變耶？閱者乃於此覘惡報焉。

第四十六回　入檻車叛藩中計　縛菜廠逆閹伏辜

第四十七回 河北盜橫行畿輔　山東賊畢命狼山

卻說劉瑾等伏罪遭誅，張永以下，相率受賞，永兄富得封泰安伯，弟容得封安定伯，魏彬弟英，得封鎮安伯，馬永成弟山，得封平涼伯，谷大用弟大玘，得封永清伯，均給誥券世襲。張永等出了氣力，可惜都給與兄弟。張永等身為太監，雖例難封爵，究竟權勢烜赫，把持政權，不過較劉瑾時稍差一點。閣中換了兩個大臣，一是劉忠，一是梁儲，兩人前日，俱為瑾所排斥，至是同召入閣，俱授吏部尚書兼文淵閣大學士。李東陽居官如故。弊政微有變更，大致仍然照舊，百姓困苦，分毫未舒，免不得有盜賊出現。

其時有個大盜張茂，窟穴霸州，家中有重樓複壁，可藏數十百人。鄰盜劉六、劉七、齊彥名、李隆、楊虎、朱千戶等都與他往來，倚為逃藪。茂又與太監張忠，對宇同

第四十七回　河北盜橫行畿輔　山東賊畢命狼山

居，結為兄弟，時常託忠納賄權閹。馬永成、谷大用諸人，得了好處，也引他為友，蹴踘為樂，就是有十個張茂，混入豹房，恣行遊覽。武宗哪裡管得許多，鎮日與三五美人，自由，毫無忌憚；有時手頭消乏，仍去做那劫奪的勾當。一日在河間府出入呵護，想是百神呵護。茂遂出入袁彪，率兵來捕，茂雖有同黨數人，究因眾寡不敵，敗陣逃還，偏偏袁彪不肯干休，突被參將得張茂住處，竟帶領多兵，要與他來算帳。茂聞風大懼，忙向好兄弟張忠處求救。忠言無妨，便留住張茂，一面預備盛筵，俟袁彪到來，即請他入宴。彪不便推卻，應召赴飲。忠竟令張茂陪賓，東西分坐。飲了數巡，張忠酌酒一大觥，送與袁彪道：「聞參戎來此捕盜，為公服務，足見忠心。但兄弟恰有一事相托！」又舉一卮與茂道：「袁將軍與你相好，今轉語袁彪道：「此人實吾族弟，幸毋相厄！」說至此，即手指西座張茂，後勿再擾河間。」茂自然唯唯從命。彪亦沒奈何應諾，飲盡作別，即率兵自歸。茂幸得脫險，轉瞬間故態復萌，仍是四出劫掠。可巧御史寧杲，奉命捕盜，到了霸州，察悉張茂是個盜魁，即召巡捕李主簿入見，飭他捕茂。李主簿知茂厲害，且素聞茂家深邃，一時無從搜捕，左思右想，情急智生，他竟扮了彈琵琶的優人，邀三二同伴，徑詣張茂家彈唱。茂是綠林豪客，生性粗豪，不防他人暗算，遂召他入內侑酒。李主簿善彈，同伴

善唱，引得張茂喜歡不迭，留他盤桓數日。他得自在遊行，洞悉該家曲折，那時託故告別，即於夜間導著寧杲，並驍勇數十人，逾垣直入，熟門熟路的進去，竟將張茂擒住，用斧斫斷茂股，扛縛而歸。

餘盜楊虎、齊彥名、劉六、劉七等聞張茂被擒，慌忙託張忠斡旋。忠入與馬永成商議，永成索銀二萬兩，方肯替他說情。強盜要擄人勒贖，不意明廷太監，反要擄盜索賄。看官！你想這強盜所劫金銀，統是隨手用盡，哪裡來的餘蓄？大家集議一番，不得主意，楊虎起言道：「官庫中金銀很多，何不借些使用？」劫官償官，確是好計。言尚未終，竟大踏步去了。是夕即邀集羽翼，往毀官署。署中頗有準備，一聞盜警，救火的救火，接仗的接仗，絲毫不亂。楊虎料難得手，一溜煙的走了。劉六、劉七聞楊虎失敗，恐遭禍累，忙向官署自首。當由官署收留，令他捕盜自效，一住數月，也捉到好幾個毛賊。但是盜賊性情，不喜約束，經不起官廳監督，又復私自遁去。嗣是抗官府，劫行旅，不到數旬，竟聚眾至好幾千人，騷擾畿南。

霸州文安縣諸生趙，頗有膂力，豪健自詡，人呼他為趙瘋子。六等亂起，挈妻女避難，暫匿河邊蘆葦中，不料被眾賊所見，前來擄掠。慌忙登岸，妻子亦隨著同逃，無如

第四十七回　河北盜橫行畿輔　山東賊畢命狼山

三寸蓮鈎，不能速行，走不數步，被賊追及，把他妻女拉住，看她有幾分姿色，竟欲借河岸為裯褥，與她做個並頭花。那妻女等驚駭異常，大呼救命，轉身瞧著，怒氣填胸，竟三腳兩步，搶將過去，提起碗大的拳頭，左揮右擊，無人可當，眾賊一鬨而散，有兩人逃得稍慢，被他格斃。湊巧劉六、劉七等，大隊到來，見趙如此威風，不由的憤怒起來，當即麾眾上前，將趙困在垓心。孤掌難鳴，敵不住許多盜黨，不一時即被擒住。劉六顧道：「你是何人？膽敢撒野。」張目叱道：「好一個呆強盜，連趙瘋子都不認識麼？」劉六聞言，親與解縛，一面勸慰道：「原來是趙先生，久仰俠名，惜前此未曾面熟，竟致冒犯，還乞先生原諒！」復道：「你走你的路，我走我的路，何必與我客氣？」劉六道：「貪官汙吏，滿布中外，我等為他所逼，且到後來再說，隨語劉六道：「欲我入股，卻也不難，但不要姦淫擄掠，須嚴申紀律，方可聽命。」又道：「家內尚有兄弟數人，不若一併招此，若肯入股相助，不如將就應，一來可保全性命，二來可保全妻孥，有義氣，不如將就應，一來可保全性命，二來可保全妻孥，之故，因有此語。劉六道：「全仗先生排程。」來，免致受累。」六亦允諾。即率妻女還家，收拾細軟，並與弟、鎬等，募眾五百人，徑詣河間，遣人通報劉六等，一同來會。於是畿南一帶，統是盜蹤。

080

是時承平日久，民不知兵，郡縣望風奔潰，甚至開門揖盜，以故群盜無忌，越發橫行。趙與楊虎、劉三、邢老虎等往掠河南，劉六、劉七與齊彥名等往掠山東，分道揚鑣，所至蹂躪。明廷亟命惠安伯張偉充總兵官，都御史馬中錫提督軍務，統京營兵出剿流賊。偉系仁宗後姪曾孫，出自紈褲，素不知兵，中錫又是個白面書生，腐氣騰騰，竟欲效漢龔遂治渤海故事，招撫賊眾，沿途盡出榜示，大略謂：「潢池小醜，莫非民生，所在官司，不得無故捕獲，倒也禁止殺掠，好好的供給勸導，一律宥死。」確是迂腐。劉六等見了此示，將信將疑。中錫至德州桑兒園，居然單車簡從，直投賊壘。劉六出寨迎謁，由中錫開誠曉諭，六隨口答應，唯命是從。待中錫已返，便擬遣散黨羽，往降官軍。劉七奮臂道：「俗語說得好，『騎虎難下』，目今內官主政，國事日非，馬都堂能自踐前言麼？」六乃不敢決議。潛令黨人到京，探聽中貴，並無招降消息。又將山東所劫金銀，運送權倖，求下赦令，計復不行。劉六、劉七等遂大肆劫掠，唯至故城縣中，相戒勿入馬都堂家。馬籍隸故城，舉室獨完。遂謗騰中外。廷臣統劾他玩寇殃民，連張偉一併就逮。偉革職閒住，中錫竟瘐斃獄中。

兵部尚書何鑑，以京軍不能討賊，請發宣府、延綏二鎮兵助討。有旨允准，且命兵部侍郎陸完，總制邊軍，所有邊將許泰、郤永、馮禎等悉聽調遣。師出涿州，忽報寇眾

第四十七回　河北盜橫行畿輔　山東賊畢命狼山

已至固安,將犯京師。武宗聞著,也惶急得很。此時尚清醒麼?亟親御左順門,召大學士李東陽、梁儲、楊廷和及尚書何鑑商議,且諭道:「賊向東來,師乃西出,彼此相左,奈何?」何鑑道:「陸侍郎去京不遠,可飛驛召還,賊聞大軍入衛,自然遠遁了。」武宗鼓掌稱善。鼓掌二字用得妙。鑑即飭使追還陸完,令他東趨固安,堵截賊眾。許泰、郤永亦自霸州進攻,前後夾擊,連破賊寨。完請再發大同、遼東兵協助,以便早日蕩平,乃調大同總兵張俊,游擊江彬等入徵。江彬進來,又是一個大禍根。許勢漸衰,自請督師,冀邀封賞。武宗遂以大用提督軍務,伏羌伯毛銳為總兵官,太監張忠監神槍營,皆出會完。張忠為大盜張茂好友。如何令他監軍?劉六等聞王師大出,避銳南下,連破日照、海豐、壽張、陽谷、曲阜等縣城,進攻濟寧,焚去糧船千二百艘。大用等到了臨清,遙聞賊勢浩大,觀望不前。想是要追悔了。六料他沒用,竟舍了濟寧,從間道卷甲北趨,意欲乘武宗祀天,潛行劫駕,哪知被尚書何鑑偵覺,立刻奏聞,即夕嚴設守備,防得水洩不通。待至黎明,武宗召問何鑑,應否郊祀?鑑奏稱:「兵防嚴密,盡可無慮,不如早出主祭,藉安人心。」武宗准奏,即乘輦出城,直抵南郊,從容禮成而還。

六知有備,不敢入犯,西掠保定去了。

這時候的趙瘋子等方轉掠河南，橫行而東，直至徐州，分眾攻宿遷。淮安知府劉祥，率兵逆賊，未戰先潰。賊眾追逼至河，官軍溺斃無算，祥馬蹶被執。趙審訊劉祥，尚無虐民情事，縱使歸去，隨即渡河南行，殺高郵等衛官軍三百餘人，劫住指揮陳鵬，轉攻靈璧，突入城中，又把知縣陳伯安縛住。趙勸他入黨，伯安不屈，反斥責賊眾。劉三在旁，聽不下去，竟拔出寶刀，奔向伯安，欲借他的頭顱。急忙攔阻，語劉三道：「陳大令忠直可嘉，不如放他歸去為是。」劉三乃停住了手，當由放還伯安，並指揮陳鵬，也釋縛縱歸。嗣是所過州縣，先約官吏師儒，無庸走避，但教望風迎順，一體秋毫無犯。瘋子不瘋，頗有儒者氣象。後至鈞州，以前吏部尚書馬文升，家居城中，戒毋妄入，繞城徑去，轉入沁陽，至焦芳家搜掠一番。芳已遠匿，令束草為人，充作芳像，自持刀亂剁道：「我為天下誅此賊。」言已，即令手下放火，把焦氏一座大廈，燒得乾乾淨淨。如此方真成焦氏。並將焦氏先塚，盡行剷平。官吏聽者，歸德府。守備萬都司，及武平衛指揮石堅，率兵千餘，來擊趙。收眾南遁，將渡小黃河，還顧官軍追至，返身接戰，殺得官軍七零八落，大敗而逃。令眾休息一日，然後渡河。楊虎自恃勇悍，獨率死黨楊寧等九人，臨河奪舟，踴躍欲渡。不意武平衛百戶夏時，率兵伏著，俟虎已下船，鼓譟而出，用了強弩巨石，一齊擲去，竟將楊虎的坐船，

第四十七回　河北盜橫行畿輔　山東賊畢命狼山

擊沉河中，虎等溺斃。聞虎被溺，急忙馳救，但見流水潺潺，煙波渺渺，不但楊虎等無影無蹤，就是官軍亦不見一個，只得憑弔一番，整眾南渡。劉三因楊虎已死，同黨中沒有鷙類，遂思擁眾自尊，當下與趙商議，只說是無主必亂。已瞧透私意，索性順風使帆，推他為主。他遂自稱為奉天征討大元帥，令為副，分眾十三萬為二十八營，應二十八宿，各樹大旗為號，又置金旗二面，大書：「虎賁三千，直抵幽燕之地，龍飛九五，重開混沌之天。」嘗見太平天國中亦有此聯，想是從此處抄來。這四語是趙瘋子手筆，劉三為之大喜。復約劉六、劉七等分掠山東、河南，六復攻霸州。明廷召回谷大用、毛銳等，抵禦劉六，途次與六相遇，大用駭急先奔，只配做太監，不配做監軍。毛銳也隨後趨避，官兵都走了他娘，管什麼劉六、劉七。六與七反追殺一陣，奪了官兵許多甲仗。大用等狼狽回京，武宗也不去罪他，但別遣都御史彭澤，咸寧伯仇鉞，接統軍務。澤與鉞頗有威望，既奉命出師，遂倡議按地圈剿。山東一方面，歸兵部侍郎陸完征討，自率軍徑趨河南。適趙等攻唐縣，二十八日不能下，邢老虎得病身亡，得保首領，算是幸事。並有邢眾，轉掠襄陽、樊城、棗陽、隨州等處，可巧彭澤、仇鉞統軍到來，與趙瘋子遇著西河，兩下交鋒，混殺一陣。此次官軍都是精銳，更兼澤、鉞兩人持刀督陣，退後立斬，所以人人效命，個個先驅，任你趙瘋子如何

權略,也吃了一大敗仗,傷亡了二千餘人,喪失馬騾器械無數,剩了殘兵敗卒,向南急奔,至河南府地方,會同劉三,直攻府城。總兵馮禎,領軍追至,鏖戰了一晝夜,禎竟陣亡,賊亦被殺多人,夜奔汝、潁。朱皋鎮官兵截擊,斬馘甚眾,賊倉皇渡河,先後淹斃,又不計其數。仇鉞復率大軍趨至,連戰皆捷,逼至土地坡,由指揮王瑾,射中劉三左目。三痛不可忍,縱火自焚。其黨邢本道等散奔隨州,被湖廣巡撫劉丙拿住,細細拷問,方知趙瘋子做了和尚。前時不做和尚,至此已是遲了。乃檄各鎮飭兵跡捕。趙瘋子真安,因願受剃度,懷牒亡命。只趙竄走德安,行至應山,料知事不能成,適遇行腳僧行至武昌,走入飯店中,要酒要肉,大飲大嚼,和尚吃葷,安得不令人瞧破?想是命中該死,所以有此糊塗。武昌衛軍人趙成、趙宗等見他形跡可疑,跟入店中,等到趙瘋子酒意醺醺,方相約動手,前牽後扯,把他推倒店樓,抬至府署報功。當由府解入省中,乃搜出度牒,的系趙無疑,遂檻送京師,依大逆不道例,凌遲處死。群盜中還算是他,亦不免極刑,畢竟盜不可為。河南肅清。

彭澤、仇鉞等移師山東,往助陸完。陸完正與劉六、劉七等往來爭鬥,互有殺傷。劉六、劉七復得了一個女幫手,很是厲害。這女盜為誰?便是楊虎妻崔氏。崔氏本系盜女,練習一身拳棒,兼帶三分嫵媚,平時嘗騎著一匹黃驃馬,往返盜窟,盜眾見她勇過

第四十七回　河北盜橫行畿輔　山東賊畢命狼山

乃夫，送給一個混號，叫做楊跨虎。本是楊虎之妻，乃綽號叫做跨虎。可見雌虎更凶於雄虎。及楊虎死後，又稱她為楊寡婦。清有齊寡婦，明有楊寡婦，誠不約而同。楊寡婦謀復夫仇，潛至山東招集舊好，投入劉六、劉七壘中。劉六等自然歡迎，是否存著兒女心？相偕四掠，轉入利津，偏偏遇著僉事許逵。這許逵很通兵法，前為樂陵知縣，捍守孤城，屢次卻敵，積功擢為僉事，此次引兵到來，個個如生龍活虎一般，恃你百戰的劉六、劉七，跨虎的楊寡婦，也覺招抵不上，敗退棗林。途次復為督滿御史張縉及千戶張瀛截殺一陣，弄得七零八落，逃入河南，轉至湖廣，為官軍所迫，劉六死水中，劉七與楊寡婦挾眾東走，出沒長江。侍郎陸完，自臨清馳至江上，分扼要害，與賊相持。賊尚行蹤飄忽，倏東倏西。仇鉞又自山東馳至，還有副總兵劉暉率遼東兵，千總任璽率大同兵，游擊鄪永率宣府兵，一古腦兒齊集大江，與賊死戰，且用火焚毀賊舟。劉七等走保狼山，各軍陸續進攻。劉暉在山北，鄪永在山南，皆擁盾跪行而上，手施槍炮，且上且攻，盾上矢集如蝟，仍然不退，遂攻入賊寨。劉七自山後逃下，身中流矢，赴水斃命。楊寡婦一人，不知下落，大約是死於亂軍中了。小子有詩嘆道：

齊彥名中槍死，只有

為掃萑苻動六軍，三年零雨始垂勳。
昆崗焚盡遺灰在，玉石誰為子細分。

盜魁盡死，餘眾皆殲，自正德五年至七年，用兵三載，方得平定，陸完、彭澤等奏凱還朝，以後情事，下回再表。

河北群盜之起，勢似烏合，若得良將出剿，一鼓可以蕩平，乃所用非人，議撫不成，議剿無力，遂至盜賊橫行，蔓延五省。幸得彭澤、仇鉞等倡議分剿，各專責成，於是盜之在河南者，平定於先，盜之在山東者，亦逼入長江，殲除於後。盜雖削平，而五省生靈，魚糜肉爛，又復竭諸道兵力，費若干帑項，經三載而約定，乃嘆星星之火，易至燎原，非杜漸防微不可也。唯趙瘋子假仁仗義，卒至身名兩敗，竟受極刑，最不值得。劉六、劉七、楊虎、齊彥名等不足誅焉。

第四十七回　河北盜橫行畿輔　山東賊畢命狼山

第四十八回 經略西番鎮臣得罪　承恩北闕義兒導淫

卻說河北群盜，一體蕩平，免不得又要酬庸。陸完、彭澤，俱得加封太子少保，仇鉞竟封咸寧侯，內閣李東陽、楊廷和、梁儲、費宏俱得加蔭一子，連谷大用弟大寬也得封高平伯。還有太監陸犛內掌神槍營，說他督械有功，貽封弟永得為鎮平伯。又是太監弟運氣。方在君臣交慶的時候，忽由四川遞到警報，乃是保寧賊藍廷瑞餘黨連陷州縣，勢日猖獗，總制尚書洪鍾無力剿平，乞即濟師等語。先是湖廣、江西、四川等省，連年饑饉，盜賊並起。湖廣有澧陽賊楊清、邱仁等，江西有東鄉賊王鈺五、徐仰三等，桃源賊汪澄二、王浩八等，華林賊羅先權、陳福一等，贛州賊何積欽等，所至蔓延。明廷遣尚書洪鍾，總制湖廣、四川軍務，左都御史陳金，總制江西軍務。陳金到了江西，剿撫兼施，依次平靖。洪鍾出湖廣，檄布政使陳鎬及都指揮潘勛，擊破賊黨，肅清湖湘，再

第四十八回　經略西番鎮臣得罪　承恩北闕義兒導淫

移師入蜀。蜀寇藍廷瑞自稱順天王，鄢本恕自稱刮地王，廖惠自稱掃地王，結眾十萬，縱掠川中。洪鍾與巡撫林俊，總兵楊宏，相機剿捕，尚稱得手。廖惠就擒，嗣復誘降藍廷瑞、鄢本恕等，設伏邀宴，把他一併擒斬。餘黨廖麻子、喻思俸等在逃未獲，不到數月，又復結成巨黨，分劫州縣。巡撫林俊，素得民心，至是與洪鍾有嫌，且因中官弟姪，寄名兵籍，往往冒功求賞，拒絕勝拒，遂疏乞致仕。朝旨准奏，蜀民乞留不允，因此民情愈怨，相率從盜。廖麻子、喻思俸等，結眾至二十萬。洪鍾派兵分剿，日不暇給，乃奏請增兵（此段系是補敘，並及湖廣、江西亂事，是補筆中銷納法）。武宗召群臣廷議，或請派兵助剿，或請簡員督師，議論不一。獨御史王繪，劾奏洪鍾縱寇殃民，請即另易大員。於是將鍾罷職，命太子少保都御史彭澤率總兵時源西征。

澤至四川，徵集苗兵，圈剿賊眾，但開東北一面，縱賊出走。廖麻子、喻思俸等遂竄入漢中。澤又逼他入山，四面圍攻，竟將廖、喻諸賊，次第擒誅。復回軍掃平內江、營昌等處，四川大定（蜀寇雖多，不及河北群盜之狡悍，所以用筆從略）。有詔封彭澤為太子太保，授時源為左都督。澤請班師回朝，廷議未許，令他暫留保寧鎮撫。未幾即調任甘肅，令他提督軍務，經理哈密。哈密一事，說來又是話長，不得不追溯源流，表明大略。邊塞重事，特別表明。原來哈密在甘肅西北（即唐時伊吾盧地。今屬新疆

090

省），元末以威武王納忽里鎮守。明太祖定陝西、甘肅諸鎮，嘉峪關以西，暫置不問，至永樂二年，方傳檄招降。其時納忽里已死，子安克帖木兒嗣，奉詔貢馬，受封為忠順王，即置哈密衛。忠順王，再傳為孛羅帖木兒，被弒無子，由王母代理國事。尋因韃靼部加兵，避居赤斤苦峪，且遣使奏請明廷，願以外孫把塔木兒，襲封王爵，鎮守哈密。時已成化二年，憲宗覽奏，頒發兵部議聞。兵部復請以把塔木兒為右都督，代守哈密，攝行王事。當下依議傳旨，把塔木兒自然奉命。既而把塔木兒病死，子罕慎嗣職，哈密鄰部土魯番，適當強盛，頭目阿力，自稱速檀（一作蘇勒坦，意即可汗之類），率眾襲哈密，逐走罕慎，擄了王母，劫去金印。甘肅巡撫婁良以聞，廷臣主張恢復，因舉高陽伯李文，右通政劉文，馳往征討，將至哈密，聞眾已潰散，不敢深入，止調集番兵數千，駐守苦峪。會速檀阿力，遣使入貢，且致書李文，只稱王母已死，金印緩日歸還。李文等不待朝命，即還兵復旨。過了半年，並不聞還印消息，乃更鑄哈密衛印，頒賜罕慎，即就苦峪立衛，給他土田，俾得居住。越數年，罕慎得乘間進兵，復入哈密。嗣又為阿力子阿黑麻所誘，殺死城下。阿黑麻恐明廷詰責，遣人入貢，並請代領西域。有旨令歸還城印，且飭哈密衛目寫亦虎仙往諭。阿黑麻總算聽命，繳上金印，及歸還城池。於是兵部尚書馬文升，議別立元裔為王，藉攝諸番，乃詔求忠順王近裔，

第四十八回 經略西番鎮臣得罪 承恩北闕義兒導淫

元安定王,從子陝巴,納入哈密,阿黑麻復屢與構釁,陝巴復被擒去。經甘肅巡撫許進等,潛入哈密,逐去阿黑麻,留守牙蘭,又絕土魯番互市。阿黑麻始懼,乃將陝巴釋歸。至正德元年,陝巴去世,子拜牙郎襲爵,淫虐無道,不親政事。土魯番酋阿黑麻亦死,子滿速兒據位,用了甘言厚幣,誘引拜牙郎。拜牙郎棄了哈密,投往土魯番。甘心棄國,令人不解。滿速兒奪他金印,即遣部目火者他只丁,往據哈密,又投書甘肅巡撫,辭多倨悖。都御史鄧璋,方總制甘肅軍務,當即奏聞。大學士楊廷和等,乃交薦彭澤可用,出略甘涼。

澤得調任消息,再辭不許,乃自川中啟節,徑抵甘州。適火者他只丁入掠赤斤、苦峪諸處,聲言與我萬金,當即卷甲退兵,返還哈密城印。澤正籌議剿撫事宜,忽報哈密衛目寫亦虎仙到來,忙急召入,詢及土魯番與哈密近狀。寫亦虎仙道:「滿速兒勢焰方強,一時恐難平定,不若啗以金帛,俾就羈縻,那時哈城可還,金印可歸,比勞師動眾,好得多了。」澤聽了此言,暗思番人嗜利,失了些須金帛,免動多少兵戈,也未始非權宜計策,遂依了寫亦虎仙所言,並遣他齎幣二千四,白金器一具,往給滿速兒,說令和好,速還哈密城印。賂番使和,澤太失計。哪知寫亦虎仙已與滿速兒通同一氣,此次見澤,實是為滿速兒作一說客,澤不知是詐,反將金帛厚遺,他便往報滿夷兒,教他

再請增幣，即還城印。澤以增幣小事，遽從所請，一面上言番酋悔過效順，不必用師，哈密城印，即可歸還。武宗大喜，便召澤還京。巡按御史馮時雍，奏稱彭澤講和辱國，應加懲處，疏入不報。

滿速兒探知彭澤還朝，兵事已寢，哪裡肯歸還城印？反且四出侵掠。甘肅巡撫李昆，遣使詰問滿速兒，滿速兒又遣寫亦虎仙等，來索所許金幣。俗語所謂你討上船錢，我討落船錢。昆欲遵原約，有兵備副使陳九疇，出阻道：「彭總督處事模稜，今撫帥又欲齎寇麼？不可不可！」昆答道：「並非齎寇，不過原約在先，不便失信。」九疇道：「欲要增幣，必須歸還城印，且令送拜牙郎歸，等到城印繳清，拜牙郎送歸，才把寫亦虎仙，放他回去。」昆乃留住寫亦虎仙為質，令隨使回去，給他雜幣二百匹，令將拜牙郎及哈密城印，來換寫亦虎仙。只幾日不得回報。李昆正在疑慮，忽有探卒入稟道：「滿速兒引兵萬騎，來犯肅州了。」昆即召九疇商議，九疇道：「火來水掩，將來兵擋，怕他什麼？」遂調兵守城，遣游擊芮寧出禦。芮寧戰死，番兵迫城下，九疇晝夜梭巡，漸聞哈密降回居肅州，有內應消息，即發兵掩捕，獲得降回頭目失拜煙答等，捶死杖下。潛於夜間縋兵出城，襲破番營。滿速兒敗走瓜州，又被副總兵鄭廉邀擊，狼狽不堪，馳還土魯番，復遣人求和。九疇謂滿

第四十八回　經略西番鎮臣得罪　承恩北闕義兒導淫

速兒狡黠不臣，應拒絕來使，勿令與通。李昆不從，竟馳驛奏聞。

兵部尚書王瓊與彭澤有隙，方偕錦衣衛錢寧，設謀構陷，請窮詰增幣主名，嚴加部議。適失拜煙答子米兒馬黑麻，詣闕訟冤，說是陳九疇屈死乃父。連哈密密衛目寫亦虎仙亦解至京師。王瓊遂劾澤欺罔辱國，九疇輕率激變，一併逮鞫。戶部尚書石玠，謂：「將在外，君命有所不受，彭澤、陳九疇，出鎮邊疆，為國定謀，功足掩罪，請免重譴！」王瓊聞言大忿道：「納幣寇廷，致貽後患，尚得謂功足掩罪麼？」玠不能答。彭、陳二人，幾不免死刑。幸楊廷和代為轉圜，乃將彭、陳減死，削職為民。寫亦虎仙竟得脫罪，留居京師。他本狡點多詐，與米兒馬黑麻，結為一黨，趨奉錦衣衛錢寧，入侍宮廷。武宗愛他敏慧，逐漸寵幸，賜他國姓，列為義兒。

當時義兒甚多，無論外吏中官，亡虜走卒，總教得武宗歡心，都得賜姓為朱，拜武宗做乾兒子，統共計算，約有二百餘人。可謂博愛。這二百餘人中，第一個得寵，要算錢寧，第二個便是江彬。錢寧幼時，貧苦得很，寄鬻太監錢能家。能死後，寧年已長，轉事劉瑾，因得入侍武宗。平居善承意旨，漸邀寵幸，甚至武宗昏醉，嘗倚寧為枕，徹夜長眠。彷彿彌子瑕，想他面龐兒定亦俊白。有時百官候朝，待至响午，尚未得武宗起

居消息，從此君王不早朝。必須俟錢寧通報，方可入殿排班。寧以此得掌錦衣衛，招權納賄，勢傾百僚。江彬為大同游擊，自調入剿盜後，班師獲賞（應前回）。他聞錢寧大名，靠著戰爭所得財物，私下投贈。財物自乾沒而來，原不足惜。寧遂引彬入豹房，觀見武宗。彬本有口才，又經錢寧先容，奏對自然稱旨。武宗大喜，升為左都督，嗣復與錢寧一同賜姓，充做義兒，留侍左右，與同臥起。又多一個陪夜。

錢寧見彬奪己寵，替他作枕，還不好麼。深悔從前引進，未免多事，誰教你愛財物。漸漸的有意排擠。彬從旁察覺，想了一計，入與武宗談及兵事。武宗問長道短，正中彬意，遂乘機奏道：「目今中原勁旅，要算邊兵最強，京營士卒，遠不及他。試看河北群盜，全仗邊兵蕩平，若單靠京營疲卒，恐至今尚未肅清哩！」徐徐引入。武宗動色道：「京營如此腐敗，哪足防患？若欲變弱為強，須用何法？」彬又奏道：「莫妙於互調操練，京兵赴邊，邊兵赴京，彼此易一位置，內外俱成勁旅了。」武宗點首，極稱妙計，遂飭調四鎮兵入京師。大學士李東陽等極力諫阻，俱不見納。四鎮兵奉旨到京，四鎮兵即宣府、大同、遼東、延綏。由武宗戎裝披掛，親臨校閱，果然軍容壯盛，手段高強，心中大悅，立召總兵許泰、劉暉等，溫言嘉獎，各賜國姓。嗣是稱四鎮兵為外四家軍，又命江彬為統帥，兼轄四家。於是江彬權勢越張，就使有十個錢寧，也不能把他扳

第四十八回　經略西番鎮臣得罪　承恩北闕義兒導淫

倒了（江彬計劃，至此說明）。

武宗且挑進宮監，教他習練弓箭，編成一軍，親自統率，與彬等日夕馳逐，呼噪聲，弓馬聲，遍達九門，嘈雜不絕。宮廷內外，統是不安，獨武宗歡慰異常，李東陽屢諫無效，乞休而去。也虧他熬練到此。楊廷和因丁憂告歸，吏部尚書楊一清，入預閣務，不過辦事幾個月，已與江彬、錢寧等做了對頭，情願謝職歸田。各大員多半歸休，江彬益肆行無忌，導上縱淫。會延綏總兵官馬昂，以奸貪驕橫，革職閒居，聞江彬新得上寵，入京謁彬，希圖開復原官。江彬沉思一會，帶笑說道：「足下能辦到一事，保你富貴如故。」昂亟問何事，江彬笑道：「不必說了。就是說明，恐你亦辦不到。」故意不說，尤為奸險。昂情急道：「除是殺頭，沒有辦不到的事情。」彬乃密授昂計，昂欣然應聲而去。

看官道是何策？原來馬昂有一妹子，容顏絕世，歌舞騎射，般般皆能，年甫及笄，嫁與指揮畢春。彬與昂同籍宣府，從前曾見過數次，暗中垂涎，偏偏弄不到手，此次因武宗漁色，囑他採訪佳人，彬遂藉端設計，欲令昂送妹入宮，一則可銷前日悶氣，二則可固後來榮寵。昂也為得官要緊，竟依計照行，託詞母病，誘妹歸寧，及到家內，方說

出一段隱情。那妹子聞入宮為妃，恰也情願，只一時不好承認，反說阿哥胡鬧。經昂央告多時，方淡掃蛾眉，由他送入京中。江彬接著，見她豐姿秀媚，比初時尤為鮮豔，不禁色膽如天，摟住求歡。那美人兒本認識江彬，素羨彬威武出眾，就也半推半就，任他玩弄，足足享受了三天，先嘗後進，江彬畢竟效忠。方令她盛飾起來，獻入豹房。武宗見瞭如花如玉的美人，管什麼嫁過不嫁過，賜了三杯美酒，即令侍寢。婦女家心存勢利，特別柔媚，惹得武宗視為珍奇，朝夕不離。當下將馬昂開復原官，昂弟鈠、昶等，都蒙寵賜蟒衣，又賜昂甲第於太平倉東，真所謂君恩汪，光耀門楣了。只是畢春晦氣，御史給事中等，聞這消息，聯表奏諫，甚且舉以呂易嬴，以牛易馬的故事，引為炯戒，武宗均擱置不報，美人情重國家輕。且時常與彬夜遊，幸昂私第。君臣歡飲，適有一盤魚膾，味甚佳美，武宗讚不絕口，並問由何人烹調？彬奏稱為籤室杜氏承辦。武宗道：「卿妾至馬家司饌，武宗讚不絕口。但君臣一倫，比友較重，朕亦欲暫借數天，可好麼？」彬不防武宗有此一語，確見友誼。但君臣一倫，比友較重，朕亦欲暫借數天，可好麼？」彬不防武宗有此一語，確見友誼。但君臣一倫，比友較重，朕亦欲暫借數天，可好麼？」彬不防武宗有此一語，心中懊惱不及，但言既出口，駟馬難追，只好唯唯從命。次日硬著頭皮，囑杜氏裝飾停當，輦送豹房。武宗見這位杜美人，比馬美人差不多，日間命她烹魚，夜間竟喚她侍寢，日調魚膾，夜奉蛤湯，杜氏確是能手。從此久假不歸，彬亦無可奈何，只徒呼負負罷了。

第四十八回　經略西番鎮臣得罪　承恩北闕義兒導淫

唯武宗得隴望蜀，有了馬、杜兩美人，尚嫌未足。一日，召問江彬道：「卿籍隸宣府，可知宣府多美人嗎？」想是從馬、杜兩美人推類及之。彬答道：「宣府本多樂戶，美婦恰也不少。聖意如欲選擇，何妨親自遊觀。」武宗眉頭一皺道：「朕亦欲出遊，但恐無故遊幸，大臣要來諫阻，奈何？」彬又答道：「秋狩是古時盛典，目今時當仲秋，何妨借出獵為名，暫作消遣。況乘此遊歷邊疆，也可校閱兵備，何必鬱鬱居大內呢？」武宗沈吟半晌，又道：「朕未曾舉行秋狩事宜，今欲創行此典，必須整備厱蹕，檢選吉日，就使大臣們不來諫阻，也要籌備數天。況從人多，仍是不得自由，朕不如與卿微服出行，省卻無數牽制呢。」彬應聲遵旨，遂於正德十二年八月甲辰日，乘著月夜，與江彬急裝微服，潛出德勝門去了。正是：

風流天子微行慣，箋片官兒護駕來。

欲知遊幸後如何情形，容待下回再表。

彬澤一出平河北盜，再出平四川賊，不可謂非良將材。至後經略哈密，納幣土魯番，致為所欺，豈長於平盜賊，短於馭番夷歟？毋亦由朝氣已衰，暮氣乘之，乃有此措置失當歟？然王瓊以私嫌構釁，罪彭澤並及陳九疇，假公濟私，情殊可惡。故吾謂彭澤

098

非不當劾,劾彭澤由於王瓊,乃正不應劾而劾者也。若夫錢寧、江彬本無大功,驟膺殊寵,彬尤導上不法,罪出寧上,武宗喜弄兵,彬即導以調練,武宗好漁色,彬即導以縱淫,甚至奪畢春之妻,進獻豹房,一意逢君,無惡不為。然天道好還,奪人妻者,妾亦為人所奪,吾讀至此,殊不禁為之一快也。然武宗之淫荒,自此益甚矣。

第四十八回　經略西番鎮臣得罪　承恩北闕義兒導淫

第四十九回

幸邊塞走馬看花　入酒肆遊龍戲鳳

卻說武宗帶著江彬，微服出德勝門，但見天高氣爽，夜靜人稀，皓月當空，涼風拂袖，飄飄乎遺世獨立，精神為之一爽，兩人徐步聯行，毫不覺倦。轉瞬間雞聲報曉，見路上已有行車，遂僱著輿夫，乘了車徑赴昌平。是日眾大臣入朝，待了半日，方偵得武宗微行消息，大家都驚詫起來。大學士梁儲、蔣冕、毛紀等急出朝駕了輕車，馬不停蹄的追趕，行至沙河，才得追及武宗，忙下車攀轅，苦苦諫阻。偏是武宗不從，定欲出居庸關。梁儲等沒法，只得隨著同行。可巧巡關御史張欽，已得武宗到關音信，即馳使呈奏，其詞道：

比者人言紛紛，謂車駕欲度居庸，遠遊邊塞，臣謂陛下非漫遊，欲親征北寇也。不知北寇猖獗，但可遣將徂征，豈宜親勞萬乘？英宗不聽大臣言，六師遠駕，遂成土木之

第四十九回　幸邊塞走馬看花　入酒肆遊龍戲鳳

變，匹夫猶不自輕，奈何以宗社之身，蹈不測之險？今內無親王監國，又無太子臨朝，國家多事，而陛下不虞禍變，欲整轡長驅，觀兵絕塞，臣竊危之！比聞廷臣切諫皆不納，臣愚以為乘輿不可出者有三：人心搖動，供億浩繁，一也；遠涉險阻，兩宮懸念，二也；北寇方張，難與之角，三也。臣職居言路，奉詔巡閱，分當效死，不敢愛死以負陛下。唯陛下鑑臣愚誠，即日返蹕，以戢人言而杜禍變，不勝幸甚！

原來武宗出遊時，韃靼部小王子，頗有寇邊的警耗。張欽不欲直指武宗的過失，因借邊警為言，諫阻乘輿。可奈武宗此時，遊興正濃，任你如何奏阻，總是掉頭不顧。行行復行行，距關不過數里，先遣人傳報車駕出關。張欽令指揮孫璽，緊閉關門，將門鑰入藏，不准妄啟。分守中官劉嵩，擬往迎謁，欽出言阻住道：「此關門鑰，是你我兩人掌管，如果關門不開，追究禍源，亦坐死罪。違命當死！若遵旨開關，萬一戎敵生心，變同土木，我與君職守所在，死後還是萬古留名呢。」正說著，前驅走報，車駕已到，飭指揮孫璽開關。璽答道：「臣奉御史命，緊守關門，不敢私啟。」前驅返報武宗，武宗又令召中官劉嵩問話。嵩乃往語張欽道：「我是主上家奴，該當前去，御史秉忠報國便了。」劉嵩尚算明白。欽見嵩去後，負了敕印，仗劍坐關門下，號令關中道：「有言開關者斬！」相持至黃昏，復親自草疏，大略言：「車

102

駕親征，必先期下詔，且有六軍護衛，百官扈從，今者寂然無聞，乃云車駕即日過關，此必有假託聖旨，出邊勾賊的匪徒。臣只知守關捕匪，不敢無端奉詔」云云。疏已草就，尚未拜發，使者又至關下，催促開關。欽拔劍怒叱道：「你是什麼人，敢來騙我？我肯饒你，我這寶劍，卻不肯饒你呢。」來使慌忙走還。武宗益憤，方擬傳旨捕欽，忽見京中各官的奏疏，如雪片般飛來，就是張欽拜發的奏牘，亦著人遞到，一時閱不勝閱，越覺躁急得很。江彬在旁進言道：「內外各官，紛紛奏阻，反鬧得不成樣子，請聖上暫時涵容，且返京師，再作計較。」武宗不得已，乃傳旨還朝。一語便能挽回，若彬為正人，豈非所益甚多？隔了數日，飭張欽出巡白羊口，別遣谷大用代去守關，隨即與江彬易了服裝，混出德勝門，加一混字，全不像皇帝行徑。星夜趕至居庸關，只與谷大用打個照面，遂揚鞭出關去了。

一出了關，即日至宣府，是時江彬早通訊家屬，囑造一座大廈，名為鎮國府第，內中房宇幽深，陳設華麗，說不盡的美色崇輪。武宗到了宅中，已是百色俱備，心中大喜，一面飭侍役馳至豹房，輦運珍寶女御，移置行轅，一面與江彬尋花問柳，作長夜遊。但見宣府地方，所有婦女，果與京中不同，到處都逢美眷，觸目無非麗容，至若大家閨秀，更是體態苗條，纖穠得中。袁子才詩云：「美人畢竟大家多」，於此益信。江彬

第四十九回　幸邊塞走馬看花　入酒肆遊龍戲鳳

導著武宗，駕輕就熟，每至夜分，闖入高門大戶，迫令婦女出陪。有幾家未識情由，幾乎出言唐突，經江彬與他密語，方知皇帝到來，各表歡迎，就使心中不願，也只好忍氣吞聲，強為歡笑。武宗也不管什麼，但教有了美人兒，便好盡情調戲，歡謔一場。有合意的，就載歸行轅，央她奉陪枕蓆，江彬也不免分嘗禁臠，真是恩周雨露，德溥乾坤。諷刺俱妙。

過了月餘，復走馬陽和，適值韃靼小王子率眾五萬入寇大同，單兵官王勛登陴固守，相持五日，寇不能下，復移眾改掠應州。應州與陽和密邇，警報紛至，武宗自恃知兵，便擬調兵親征。江彬奏道：「此係總兵官責任，陛下何必親犯戎鋒。」武宗笑道：「難道朕不配做總兵官麼？」彬又道：「皇帝自皇帝，總兵官自總兵官，名位不同，不便含混。」武宗道：「皇帝二字上，有什麼好處？朕卻偏要自稱總兵官。」言至此，又躊躇半响，才接著道：「總兵官三字上，再加總督軍務威武大將軍，便與尋常總兵官不同了。」彬不便再言，反極口贊成。這叫做逢君之惡。武宗遂把總督軍務威武大將軍總兵官十二字，鑄一金印，鈐入鈞帖，調發宣大成兵，親至應州禦寇，小王子聞御駕親征，倒也嚇退三分，引軍徑去。武宗率兵窮追，與寇眾後隊相接，打了一仗，只斬敵首十六級，兵士卻死傷了數百。幸喜寇眾

104

已有歸志，只管遠颺，不願進取，所以武宗得飭奏凱歌，班師而回。全是佞汰。乘著便路，臨幸大同。京中自大學士以下，屢馳奏塞外，力請迴鑾，武宗全然不睬，一味兒在外遊幸。南京吏科給事中孫懋，聞武宗出塞未歸，也齎疏至大同，略云：

都督江彬，以梟雄之資，懷儉邪之志，自緣進用以來，專事從諛導非，或遊獵馳驅，或聲色貨利，凡可以蠱惑聖心者，無所不至。曩導陛下臨幸昌平等處，流聞四方，驚駭人聽，今又導陛下出居庸關，既臨宣府，又過大同，以致寇騎深入應州。使當日各鎮之兵未集，強寇之眾沓來，幾不蹈土木之轍哉？是彬在一日，國之安危，未可知也。伏乞陛下毋惑儉言，將彬置罪，即日迴鑾以安天下，然後斥臣越俎妄言，梟臣首以謝彬，臣雖死不朽矣！謹請聖鑑！

看官！你想京師中數一數二的大員，接連奏請，還不能上冀主聽，指日還鑾，何況一個小小給事中並且路途遙遠，去睬他什麼？錄述奏疏，恰是為他卑遠。會楊廷和服闋還京，得知此事，也拜疏一本，說得情理俱到，武宗雖不見從，恰稱他忠誠得很，仍令入閣。廷和即約了蔣冕，馳至居庸關，擬出塞促上還蹕。偏是中官谷大用，預承帝囑，硬行攔阻，廷和等無法可施，只好快快還京。武宗留駐大同，遊幸數日，沒有什麼中意，想是沒有美人。便語江彬道：「我等不若到家裡走罷！」原來武宗在宣府行轅，樂

第四十九回　幸邊塞走馬看花　入酒肆遊龍戲鳳

而忘返，嘗信口稱為家裡，江彬已是慣聞，便飭侍從整備鑾駕，馳還宣府。

一住數日，武宗因路途已熟，獨自微行，連江彬都未帶得，信步徐行，左顧右盼，俄至一家酒肆門首，見一年輕女郎，淡妝淺抹，豔麗無雙，不禁目眩神迷，走入肆中，借沽飲為名，與她調遣。那女子只道他是沽客，進內辦好酒餚，搬了出來，武宗欲親自接受，女子道：「男女授受不親，請客官尊重些兒！」隨將酒餚陳設桌上。武宗措詞典雅，容止大方，益覺生了愛慕，便問道：「酒肆中只你一人麼？」女子答道：「只有兄長一人，現往鄉間去了。」武宗又問她姓氏，女子靦腆不言。武宗又復窮詰，並乃兄名字，女子方含羞答道：「奴家名鳳，兄長名龍。」武宗隨口讚道：「好一個鳳姐兒。鳳兮鳳兮，應配真龍。」絕妙湊趣。李鳳聽著，料知語帶雙敲，避入內室。武宗獨酌獨飲，不覺愁悶起來，當下舉起箸來，向桌上亂敲，驚動李鳳出問。武宗道：「我獨飲無伴，甚覺沒味，特請你出來，共同一醉。」李鳳輕詈道：「客官此言，甚是無禮，奴非比青樓妓女，客官休要錯視！」武宗道：「同飲數杯，亦屬無妨。」李鳳不與鬥嘴，竟要動粗。嚇得李鳳又驚又欲轉身進內。武宗卻起身離座，搶上數步，去牽李鳳衣袖。竟要動粗。嚇得李鳳又驚又惱，死命抵拒，只是一個弱女子，哪及武宗力大，不由分說，似老鷹拖雞一般，扯入內室。李鳳正要叫喊，武宗掩她櫻口道：「你不要驚慌，從了我，保你富貴。」李鳳尚是

106

未肯，用力抗拒，好容易扳去武宗的手，喘吁吁的道：「你是什麼人，敢如此放肆？」武宗道：「當今世上，何人最尊？」李鳳道：「哪個不曉得是皇帝最尊。」武宗道：「我就是最尊的皇帝。」李鳳道：「哄我作什麼？」武宗也不及與辯，自解衣襟，露出那平金繡蟒的衣服，叫她瞧著。李鳳尚將信未信，武宗又取出白玉一方，指示李鳳道：「這是御寶，請你認明！」李鳳雖是市店嬌娃，頗識得幾個文字，便從武宗手中，細瞧一番，辨出那「受命於天既壽永昌」八字，料得是真皇帝，不是假皇帝，且因平時曾夢身變明珠，為蒼龍攫取，駭化煙雲而散，至此始覺應驗。況武宗遊幸宣府，市鎮上早已傳揚，此番僥倖相逢，怕不是做日后妃嬪，遂跪伏御前道：「臣妾有眼無珠，望萬歲恕罪！」武宗親自扶起，趁勢抱入懷中，臉對臉，嘴對嘴，親了一會美滿甘快的嬌吻。上方面度丁香，下方面手寬羅帶，霎時間羅襦襟解，玉體橫陳，武宗自己，亦脫下征袍，闖了內戶，便將李鳳輕輕的按住榻上，縱體交歡。正是盧家少女，親承雨露之恩，楚國襄王，又作行雲之夢。落殷紅於寢褥，狼藉胭脂，沾粉汗於征衫，嬌啼宛轉。剛在彼此情濃的時候，李龍已從外進來，但見店堂內虛無一人，內室恰關得很緊，側耳一聽，恰有男女嗛褻聲，不由的憤怒起來，亟出門飛報弁兵，引他捉姦。不意弁目進來，武宗已高坐堂上，呼令跪謁。自作皇帝自喝道，煞是好看。弁目尚在遲疑，李鳳從旁嬌呼道：

107

第四十九回　幸邊塞走馬看花　入酒肆遊龍戲鳳

「萬歲在此，臣下如何不跪？」弁目聽得萬歲兩字，急忙俯伏稱臣，自稱萬死。李龍亦嚇得魂不附體，急跪在弁目後面，叩頭不迭。武宗溫諭李龍，著至鎮國府候旨。一面命弁目起身，出備輿馬，偕李鳳同入鎮國府中。李龍亦到府申謁，得授官職，蒙賜黃金千兩。

轉瞬間已是殘冬，京內百官，又連篇累牘的奏請迴鑾。武宗亦戀著鳳姐兒，無心啟程，且欲封鳳姐為妃嬪，令她自擇。李鳳固辭道：「臣妾福薄命微，不應貴顯，今乃以賤軀事至尊，已屬喜出望外，何敢再沐榮封？但望陛下早回宮闕，以萬民為念，那時臣妾安心，比爵賞還榮十倍呢。」好鳳姐比江彬勝過十倍。武宗為之頷首。且見李鳳玄衣玄裳，益顯嬌媚，所以暫仍舊服，不易宮妝。李鳳又嘗於枕畔筵前，委婉屢勸，武宗乃擇於次年正月，車駕還京。光陰似箭，歲運更新，驚動嬌軀，關口所鑿四大天王，又是怒氣勃勃人，一同就道。畢竟李鳳是小家碧玉，少見多怪，偶然睹此，不覺驚駭異常，又暈倒車上。武宗忙把她救醒，就關外藉著驛館，作為行宮，令李鳳養疾。

「臣妾自知福薄，不能入侍宮禁，只請聖駕速回，臣妾死亦瞑目了。」我不忍聞。武宗亦對她垂淚道：「朕情願拋棄天下，不願拋棄愛卿。」李鳳又嗚咽道：「陛下一身，關係

重大,若賤妾生死,何足介懷?所望陛下保持龍體,惠愛民生。」說至此,已是氣喘交作,不能再言,過了片刻,兩目一翻,悠然長逝了。化作煙雲,應了夢兆,但觀她將死之言,恰是一位賢女子。武宗大為震悼,命葬關山上面,待以殊禮,應了黃土封塋,一夜即變成白色。武宗道:「好一個賢德女子,至死尚不肯受封,可惜朕無福德,不能使她永年,作為內助。但一女子尚知以社稷為重,朕何忍捐她遺言?」當下命駕入關。

不數日即至德勝門,門外已預搭十里長的綵棚,懸燈結綵,華麗非常。還有彩聯千數,盡繡成金字序文,以及四六對句,無非是宣揚聖德,誇美武功。最可笑的,是對聯頌詞上,所具上款,只稱威武大將軍,下款百官具名,也將臣字抹去,但列著職銜名姓,聞系武宗預先傳示,教他這般辦法,所以眾官不敢違旨,一切奉令而行。真同兒戲。楊廷和、梁儲等率領眾官,備著羊羔美酒,到綵棚旁恭候,但見全副鑾駕,整隊行來,一對對龍旌鳳,一排排黃鉞白旄,所有爪牙侍衛,心腹中官,以及宮娥綵女,不計其數。隨後是寶蓋迎風,金爐噴霧,當中擁著一匹紅鬃駿馬,馬上坐著一位威武大將軍,全身甲冑,儀表堂皇,就是明朝的武宗正德皇帝。褒中寓貶。眾官一見駕到,伏地叩頭,照例三呼。武宗約略點首,隨下坐騎,徐步入彩幄中,升登臨時寶座。眾官復隨入朝謁,楊廷和恭捧瑤觴,梁儲執斝斟酒,蔣冕進奉果榼,毛紀擎獻金花,次第上呈,

109

第四十九回　幸邊塞走馬看花　入酒肆遊龍戲鳳

慶賀凱旋。想是戰勝無數美人，所以具賀凱旋哩。武宗飲了觴酒，嘗了鮮果，受了金花，欣然語眾官道：「朕在榆河，親斬一敵人首級，卿等曾知道嗎？」好算是虛前空後的武功。廷和等聞旨，不得不極力頌揚。正是無可奈何。武宗大喜，復下座出帳，馳馬入東華門，徑詣豹房去了。眾官陸續歸第。小子有詩詠道：

仗劍歸來意氣殊，百官蒲伏效嵩呼。
賈梟射雉夫人笑，我怪明廷盡女奴。

武宗還京以後，曾否再遊幸，且俟下回說明。

武宗性好遊嬉，而倖臣江彬，即覬其所好，導以佚遊。彬之意，不但將順逢迎，且欲避眾擅權，狡而且鷙，已不勝誅；甚且多方蠱惑，使之流連忘返，怙過遂非，索婦女於夜間，稱寓府為家裡，失德無所不至；而又自稱總兵，不君不臣，走馬陽和，猝遇強敵，其不遭寇盜之明擊暗刺，尚為幸事。然其行事，一何可笑也。遊龍戲鳳一節，正史不載，而稗乘記及軼聞，至今且演為戲劇，當不至事屬子虛。且聞武宗還宮，實由李鳳之死諫，以一酒家女子，能知大體，殊不愧為巾幗功臣，楊廷和輩，且自慚弗如矣。亟錄之以示後世，亦闡揚潛德之一則也。

第五十回　覓佳麗幸逢歌婦　罪直諫杖斃言官

卻說武宗還京，適南郊屆期，不及致齋，即行郊祀禮。禮畢，縱獵南海子，且令於奉天門外，陳設應州所獲刀械衣器，令臣民縱觀，表示威武。忙碌了三五天，才得閒暇。又居住豹房數日，猛憶起鳳姐兒，覺得她性情模樣，非豹房諸女御所及，私下嗟嘆，悶悶不樂。江彬入見，武宗便與談及心事，江彬道：「有一個鳳姐兒，安知不有第二個鳳姐兒？陛下何妨再出巡幸，重見佳人。」武宗稱善，復依著老法兒，與江彬同易輕裝，一溜煙似的走出京城，逕趨宣府。關門仍有谷大用守著，出入無阻。楊廷和等追諫不從，典膳李恭，擬疏請迴鑾，指斥江彬。疏尚未上，已被彬聞知，陰嗾法司，逮獄害死。給事中石天柱刺血上疏，御史葉忠，痛哭陳書，皆不見報。閒遊了兩三旬，忽接到太皇太后崩逝訃音（太皇太后見四十四回），不得已奔喪還京，勉勉強強的守制數

第五十回　覓佳麗幸逢歌婦　罪直諫杖斃言官

月。到了夏季，因太皇太后祔喪有期，遂託言親視隧道，出幸昌平。到昌平後，僅住一日，竟轉往密雲，駐蹕喜峰口。

民間訛言大起，謂武宗此番遊幸，無非採覓婦女，取去侍奉，大家駭懼得很，相率避匿。永平知府毛思義，揭示城中，略言：「大喪未畢，車駕必無暇出幸，或由奸徒矯詐，於中取利，爾民切勿輕信！自今以後，非有撫按部文書，若安稱駕至，藉端擾民，一律捕治勿貸！」民間經他曉諭，方漸漸安居，不意為武宗所聞，竟飭令逮繫詔獄；羈禁數月，才得釋出，降為雲南安寧知州。武宗住密雲數日，乃返至河西務，密賂江彬等人，誣陷士元。武宗命將士元拿至，裸系軍門，杖他數十。可憐士元為國為民，存心坦白，偏被他貪官汙吏，狼狽為奸，平白地遭了杖辱，濫用威刑，這正所謂喜怒任情，刑賞倒置，黃勳，藉詞供應，科擾吏民。巡按御史劉士元，遣人按問，勳竟逃至行在，指揮順從他才算忠臣，否則視為悖逆，無從呼籲。武宗管什麼曲直，總要呢。實是專制餘毒。

到了太皇太后梓宮，出發京師，武宗方馳還京中，仍著戎服送葬，策馬至陵，就飲寢殿中。一杯未了又一杯，直飲得酒氣薰蒸，高枕安臥，百官以梓宮告窆後，例須升主

112

祔廟，不得不請上主祭。入殿數次，只聽得鼾聲大作，不便驚動，只好大家坐待；直至黃昏，武宗方夢迴黑甜，起身祭主，猛聽得疾風暴雨，殿上燈燭，一時盡滅，侍從多半股慄，武宗恰談笑自如。此君也全無心肝。禮畢還宮，御史等因天變迭至，籲請修省。疏入後，武宗眼睜睜的望著批答，不料如石沉大海一般，毫無影響。過了數日，恰下了一道手諭，令內閣依諭草敕，諭中言寧夏有警，令總督軍務威武大將軍朱壽，統六師往征，江彬為威武副將軍扈行。可發一噱。大學士楊廷和、梁儲、蔣冕、毛紀等見了這諭，大都驚愕起來，當下不敢起草，公議上疏力諫。武宗不聽，令草詔如初。楊廷和稱疾不出，武宗親御左順門，召梁儲入，促令草制。儲跪奏道：「他事可遵諭旨，此制斷不敢奉詔。」武宗大怒，拔劍起座道：「若不草制，請試此劍！」儲免冠伏地，涕泣上陳道：「臣逆命有罪，情願就死。若命草此制，是以臣令君，情同大逆，臣死不敢奉詔，朕何妨自稱，難道必需你動草麼？」言已徑去。

越宿，並未通知閣臣，竟與江彬及中官數人，出東安門，再越居庸關，駐蹕宣府。閣臣復馳疏申諫，武宗非但不從，反令兵戶工三部，各念念不忘家裡，可謂思家心切。武宗聽了此語，意中頗也知誤，但不肯簡直認錯，只把劍遙擲道：「你不肯替朕草詔，朕何妨自稱，難道必需你動草麼？」

遣侍郎一人，率司屬至行第辦事。一面日尋佳麗，偏偏找不出第二個鳳姐兒。江彬恐武

第五十回　覓佳麗幸逢歌婦　罪直諫杖斃言官

宗愁煩，又導他別地尋嬌，乃自宣府趨大同。復由大同渡黃河，次榆林，直抵綏德州。訪得總兵官戴欽，有女公子，色藝俱工，遂不及預先傳旨，竟與江彬馳入戴宅。戴欽聞御駕到來，連衣冠都不及穿戴，忙就便服迎謁，匍匐奏稱：「臣不知聖駕辱臨，未及恭迎，應得死罪。」武宗笑容可掬道：「朕閒遊到此，不必行君臣禮，快起來敘談！」特別隆恩。戴欽謝過了恩，方敢起身。當即飭內廚整備筵席，請武宗升座宴飲，彬坐左側，自立右旁。武宗命他坐著，乃謝賜就坐。才飲數杯，武宗以目視彬，彬已會意，即開口語欽道：「戴總兵知聖駕來意否？」欽道：「敢請傳旨。」江彬道：「御駕前幸宣府，得李氏女一人，德容兼備，正擬冊為宮妃，不期得病逝世。今聞貴總兵生有淑女，特此臨幸，親加選擇，幸勿妨命！」戴欽不敢推辭，只好說道：「小女陋質，不足仰觀天顏。」彬笑道：「總兵差了，美與不美，自有藻鑑，不必過謙。」戴欽無奈，只得飭侍役傳入，飾女出見。不多時，戴女已妝罷出來，環珮珊珊，冠裳楚楚，行近席前，便拜將下去，三呼萬歲。武宗亟宣旨免禮，戴女才拜罷起來。但見她豐容盛鬋，國色天香，端凝之中，另具一種柔媚態度。是大家女子身分。當由武宗瞧將過去，不禁失聲稱妙。江彬笑語戴欽道：「佳人已中選了，今夕即煩送嫁哩！」戴女聞著，芳心一轉，頓覺兩頰緋紅。武宗越瞧越愛，還有何心戀飲，匆匆喝了數杯，便即停觴。江彬離座，與戴欽附

114

耳數言，即偕武宗匆匆別去。過了半日，即有彩輿馳至，來迎戴女。欽聞了彬言，正在躊躇，驀見彩輿已到，那時又不敢忤旨，沒奈何硬著頭皮，遣女登輿。生離甚於死別，戴女臨行時，與乃父悲泣相訣，自不消說。去做妃嬪，還要哭泣嗎？武宗得了戴女，又消受了幾日，覆命啟蹕，由西安歷偏頭關，徑詣太原。

太原最多樂戶，有名的歌妓，往往聚集。武宗一入行轅，除撫按入觀，略問數語外，即廣索歌妓侑酒。不多時，歌妓陸續趨至，大家獻著色藝，都是嬌滴滴的面目，脆生生的喉嚨，內有一婦列在後隊，獨生得天然俏麗，脂粉不施，自饒美態，那副可人的姿色，映入武宗眼波，好似鶴立雞群，不同凡豔。當下將該婦召至座前，賜她御酒三杯，令她獨歌一曲。該婦叩頭受飲，不慌不忙的立將起來，但聽她嬌喉婉轉，雅韻悠揚，一字一節，一節一音，好似那麼鳳度簧，流鶯綰曲，惹得武宗出了神，越聽越好，越看又越俏，不由的擊節稱賞。到了歌闋已終，尚覺餘音繞梁，裊裊盈耳，江彬湊趣道：「這歌婦的唱工，可好麼？」武宗道：「此曲只應天上有，人間難得幾回聞。」溺情如許。說畢，復令該婦侍飲。前只賜飲，此則侍飲。那歌婦幸邀天眷，喜不自禁，更兼那幾杯香醪，灌溉春心，頓時臉泛桃花，渦生梨頰，武宗瞧著，忍不住意馬心猿，便命一班女樂隊，盡行退去，自己牽著該婦香袂，徑入內室，那婦也身不由主，隨著武宗

第五十回　覓佳麗幸逢歌婦　罪直諫杖斃言官

進去。看官！你想此時的武宗，哪裡還肯少緩？當即將該婦鬆了鈕釦，解了羅帶，挽入羅幃，飽嘗滋味。比侍飲又進一層。最奇的是歡會時候，仍與處子無二，轉令武宗驚異起來，細問她家世履歷，才知是樂戶劉良女，樂工楊騰妻。武宗復問道：「卿既嫁過楊騰，難道楊騰是患天閹麼？」劉氏帶喘帶笑道：「並非天閹，實由妾學內視功夫，雖經破瓜，仍如完璧。」武宗道：「妙極了，妙極了。」於是顛鸞倒鳳，極盡綢繆。寫劉女處處與戴女不同，各存身分。自此連宵幸御，佳味醰醰，所有前此寵愛的美人，與她相比，不啻嚼蠟。武宗心滿意足，遂載輿俱歸，初居豹房，後入西內，寵極專房，平時飲食起居，必令與俱，有所乞請，無不允從。左右或觸上怒，總教求她緩頰，自然消釋。宮中號為劉娘娘，就是武宗與近侍談及，亦嘗以劉娘娘相呼。因此江彬以下，見了這位劉娘娘，也只好拜倒裙下，禮事如母，尊榮極矣，想為楊騰妻時，再不圖有此遇。這且慢表。

且說武宗在偏頭關時，曾自加封鎮國公，親筆降敕，有云：「總督軍務威武大將軍總兵官朱壽，統領六師，掃除邊患，累建奇功，特加封鎮國公，歲支錄五千石，著吏部如敕奉行！」愈出愈奇。楊廷和、梁儲等，聯銜極諫，都說是名不正，言不順，請速收回成命。武宗毫不見納。又追錄應州戰功，封江彬為平虜伯，許泰為安邊伯，此外按級

116

升賞，共得內外官九千五百五十餘人。及載劉娘娘還京，群臣奉迎如前儀，未幾又思南巡，特手敕吏部道：「鎮國公朱壽，宜加太師。」又諭禮部道：「威武大將軍太師鎮國公朱壽，令往兩畿山東，祀神祈福。」復諭工部，速修快船備用。敕下後，人情洶洶，閣臣面阻不從。翰林院修撰舒芬，憤然道：「此時不直諫報國，尚待何時？」遂邀同僚崔桐等七人，聯名上疏道：

陛下之出，以鎮國公為名號，苟所至親王地，據勳臣之禮以待陛下，將朝之乎？抑受其朝乎？萬一循名責實，求此悖謬之端，則左右寵幸之人，無死所矣。陛下大婚十有五年，而聖嗣未育，故凡一切危亡之跡，大臣知之而不言，小臣言之而不盡，其志非恭順，蓋聽陛下之自壞也。尚有痛哭泣血，不忍為陛下言者：江右有親王之變（指寧王宸濠事，見後），大臣懷馮道之心，以祿位為故物，以朝宇為市塵，以陛下為弈棋，以委蛇退食為故事，特左右寵幸者，智術短淺，不能以此言告陛下耳。使陛下得聞此言，雖禁門之前，亦警蹕而出，安肯輕褻而漫遊哉？況陛下兩巡西北，四民告病，今復聞南幸，盡皆逃竄，非古巡狩之舉，而幾於秦皇、漢武之遊。萬一不測，博浪柏人之禍不遠矣。臣心知所危，不敢緘默，謹冒死直陳！

第五十回　覓佳麗幸逢歌婦　罪直諫杖斃言官

兵部郎中黃鞏，聞舒芬等已經入奏，乞閱奏稿，尚以為未盡痛切，獨具疏抗奏道：

陛下臨御以來，祖宗紀綱法度，一壞於逆瑾，再壞於佞幸，又再壞於邊帥之手，是將蕩然無餘矣。天下知有權臣，而不知有陛下，寧忤陛下而不敢忤權臣，陛下勿知也。亂本已生，禍變將起，竊恐陛下知之晚矣。為陛下計，亟請崇正學，通言路，正名號，戒遊幸，去小人，建儲貳，六者並行，可以杜禍，可以弭變，否則時事之急，未有甚於今日者也。臣自知斯言一出，必為奸佞所不容，必有矇蔽主聰，斥臣狂妄者，然臣寧死不負陛下，不願陛下之終為奸佞所誤也。謹奏！

員外郎陸震見他奏稿，嘆為至論，遂願為聯名，同署以進。吏部員外郎夏良勝，及禮部主事萬潮，太常博士陳九川，復連疏上陳。吏部郎中張衍瑞等十四人，刑部郎中陳俸等五十三人，禮部郎中姜龍等十六人，兵部郎中孫鳳等十六人，又接連奏阻。連御醫徐鏊，亦援引醫術，獨上一本。武宗迭覽諸奏，已覺煩躁得很，加以江彬、錢寧等人從旁媒糵，遂下黃鞏、陸震、夏良勝、萬潮、陳九川、徐鏊等於獄，並罰舒芬等百有七人，跪午門外五日。既而大理寺正周敘等十人，行人司副餘廷瓚等二十人，工部主事林大輅等三人，連名疏又相繼呈入。武宗益怒，不問他什麼奏議，總叫按名拿辦，一律逮

118

繫。可憐諸位赤膽忠心的官員，統是鐵鏈郎當，待罪闕下，晝罰長跪，夜系囹圄。除有二三閣臣，及尚書石疏救外，無人敢言。京師連日陰霾，日中如黃昏相似。南海子水溢數尺，海中有橋，橋下有七個鐵柱，都被水勢摧折。金吾衛指揮張英，慨然道：「變像已見，奈何不言？」遂祖著兩臂，挾了兩個土囊，入廷泣諫。武宗把他叱退，他即拔刀刺胸，血流滿地。衛士奪去英刃，縛送詔獄，並問他囊土何用。英答道：「英來此哭諫，已不願生，恐自到時污及帝廷，擬灑土掩血呢。」也是傻話。嗣復下詔杖英八十。英胸已受創，復經杖責，不堪痛苦，竟斃獄中。復由中旨傳出，令將舒芬等百有七人，各杖三十，列名疏首的，遷謫外任，其餘奪俸半年。黃鞏等六人，各杖五十，徐鏊戍邊，鞏、震、良勝、潮俱削籍，林大輅、周敘、餘廷瓚各杖五十，降三級外補，餘杖四十，降二級外補。江彬等密囑刑吏，廷杖加重，員外陸震，主事劉校、何遵、評事林公黼，行人司副餘廷瓚，行人詹軾、劉棨、孟陽、李紹賢、李惠、王翰、劉平甫、李翰臣，刑部照磨劉珏等十餘人，竟受刑不起，慘斃杖下（明之盡罪諫官，以此為始）。武宗又申禁言事，一面預備南征，忽有一警報傳來，乃由寧王宸濠，戕官造反等情，說將起來，又是一件大逆案出現。

小子有詩嘆道：

第五十回　覓佳麗幸逢歌婦　罪直諫杖斃言官

寧死還將健筆扛，千秋忠節效龍逄。
內廷臣子無拳勇，可奈藩王未肯降。

畢竟宸濠如何謀反，待小子稍憩片刻，再續下回。

觀武宗之所為，全是一個遊戲派，滑稽派。微服出遊，耽情花酒，不論良家女子，及樂戶婦人，但教色藝較優，俱可占為妃妾，是一遊戲派之所為也。自為總兵官，並加鎮國公及太師，寧有攬政多日，尚若未識尊卑，是一滑稽派之所為也。閣臣以下，相率泣諫，寧死不避，其氣節有足多者，而武宗任情侮辱，或罰廷跪，或加廷杖，蓋亦由奴視已久，處之如兒戲然。充類至盡，一笙而已矣，一紂而已矣，豈徒若漢武帝之稱張公子，唐莊宗之稱李天下已哉？書中陸續敘來，情狀畢現，可嘆亦可笑也。

120

第五十一回　豢群盜寧藩謀叛　謝盛宴撫使被戕

卻說寧王宸濠，系太祖子寧王權五世孫，寧王權為成祖所給，徙封江西（見第二十二回及二十七回），歷四世乃至宸濠，宸濠父名覲鈞，嘗納娼女為妾，乃生此兒。及年長，輕佻無威儀，術士李自然、李日芳等，反說他龍姿鳳表，可為天子。又是術士作祟。又謂南昌城東南，有天子氣，因此宸濠沾沾自喜。當劉瑾得志時，曾遣中官梁安，齎金銀二萬到京，賄通劉瑾，朦朧奏請，准改南昌左衛為寧藩護衛，且准與南昌河泊所一處，宸濠遂得養兵蓄財，陰圖潛竊。及劉瑾伏誅，兵部議奏，又將他護衛革去，他越覺心中怏怏，謀變益亟。

先是兵部尚書陸完，為江西按察使，與宸濠頗為投契，及完掌兵部，宸濠復饋遺不絕，求完代為設法，給還護衛。完覆書宸濠，請他援引祖訓，上書自請，方可代為申奏

第五十一回　纂群盜寧藩謀叛　謝盛宴撫使被戕

等語。適值伶人臧賢，得寵武宗，有婿在御前司鉞，犯了國法，充南昌衛軍，宸濠力為照拂，並託他轉達乃翁，在京說項，臧賢自然應允。宸濠一面上疏，一面暗遣心腹，載寶入京，寓居臧賢家中，將所攜的珍品，分餽權要，乞為疏通，大家亦無不心許。只有大學士費宏，籍隸江西，素知宸濠蓄有異謀，嘗在朝中宣言道：「聞寧王輦金入京，謀復護衛，若聽他所為，我江西人必無噍類，我在閣一日，必不允行。」陸完、臧賢，聞費宏言，不敢鹵莽行事，只好商諸錢寧。錢寧已得了厚賂，遂與陸完定計道：「三月十五日，系廷試進士的日子，內閣與部院大臣，皆須至東閣讀卷，公可於十四日，投復寧王乞復護衛疏，我與楊公廷和說知，請他即日批准，那時還怕費宏反抗麼？」陸完大喜，依計行事，果然手到成功，竟復寧藩護衛。嗣復恐費宏反對，大家進讒誣宏，勃令致仕。宏南歸時，宸濠又遣人行劫，縱火焚宏舟，行李皆為灰燼，只宏挈眷走脫，還算幸事。

宸濠又討好武宗，知武宗性愛玩具，特於元宵節前，獻入奇巧燈彩，所有魚龍人物，活動如生；且遣人入宮懸掛，代為裝置，依簷附壁，張著數十百盞異燈。武宗見了，大加讚賞。及武宗回入豹房，猛聽得人聲鼎沸，警鐸亂鳴，不知是何變故？忙馳向院中仰望，但見一片紅光，沖達雲霄，把全院照得通紅，心中大為驚異。又走上平台觀

122

看，那火勢越燒越猛，遠近通明。內侍憑著臆測，即啟奏武宗道：「這失火的地方，怕不是乾清宮麼？」武宗反笑說道：「好一棚大煙火，想是祝融氏趁著元宵，也來點綴景色哩。」正是笑話。次日並不查勘，還是楊廷和等上疏，請武宗避殿修省，武宗才下了一道詔旨，略將遇災交儆的套話，抄襲幾句，便算了結。張燈失火，原不得謂天災，修省何用？

宸濠已潛結內援，復私招外寇，劇盜楊清、李甫、王儒等百餘人，統是江湖有名的響馬，都受了寧藩招撫，入居府中，號為把勢。宸濠以無人統率，未免散漫，又禮聘鄱陽湖盜首楊子喬，做了群盜的統領，並聞舉人劉養正，讀書知兵，延入府中，密訪機務。劉舉宋太祖陳橋兵變故事，作為談資，聽得宸濠孜孜忘倦，嘆為奇材，就把那歷年隱圖，和盤說出，請他臂助。劉養正本是個簽片朋友，一味兒獻諛貢媚，稱他為撥亂真人，宸濠益喜，竟呼養正為劉先生，留居幕府，待若軍師。江西按察司副使胡世寧，偵知寧府舉動，不便隱忍，乃發憤上疏道：

寧王自復護衛以來，騷擾閭閻，鈐束官吏，禮樂政令，漸不出自朝廷，臣恐江西之患，不止群盜也。伏乞聖明廣集群議，簡命才節威望大臣，兼任提督巡撫之職，假以陳

第五十一回　絮群盜寧藩謀叛　謝盛宴撫使被戕

金、彭澤之權（陳金、彭澤事見四十八回），銷隙寢邪於無形；並飭王自主其國，仰遵祖訓，勿撓有司以防未然，庶內有以安宗社，外有以保懿親，一舉兩善，無逾於此。謹祈准奏施行！

這疏一上，武宗頗也疑懼，遂命河南左布政孫燧，為右副都御史，巡撫江西。宸濠聞著，未免反側不安，只得申奏朝廷，誣過近屬，先將自己的罪狀，洗刷一番；又奏胡世寧離間親親，妖言誹謗，請立刻逮問等說。這奏章方才拜發，朝旨已升世寧為福建按察使。宸濠佯為餞別，請他入宴，飲食中置著毒物，一時未曾發洩。至世寧就道後，腹痛異常，瀉了幾次惡血，幾乎喪命。道經浙江，因家住浙境，就便省墓，哪知捕逮世寧的中旨，已至浙江，著巡浙御史潘鵬，就近拘拿。幸浙江按察使李承勳，與世寧交好，急留世寧入署，令他改姓埋名，從間道歸命京師，免致暗算。果然潘鵬受了宸濠密託，遣人在要途守候，擬拿到世寧，即置死地。虧得世寧先事預防，不遭毒手。到京後又奏辯寧王必反，有旨駁斥，拘繫獄中。世寧雖入圄圖，依舊孤忠未泯，接連上了三書，俱不見報。錦衣校尉，反受了中官密囑，連番拷掠，害得世寧氣息奄奄，僅存殘喘。中官錢寧等，尚說他誣告親王，定欲加他死罪。大理寺少卿胡瓊抗言道：

「寧王謀為不軌，幸得世寧舉發，這般功臣，反欲加他死罪，奈何服天下？」未幾，江

西撫按孫燧、李潤等，復奏稱世寧無罪，乃得減死，仍謫戍遼東、瀋陽衛。胡瓚奪俸受懲。

宸濠因武宗無嗣，糟蹋許多婦女，尚未得產一兒，可見寡慾生男之說，實有至理。復陰託錢寧，令取中旨，召己子入京，司香太廟。寧又替他面奏，慫恿武宗，用異色龍籤報賜。這異色龍籤，尋常罕用，只有御賜監國書牘，方用此籤。武宗也不分皂白，就依了錢寧言，裁答下去。宸濠得書大喜，遂欲拓建府居，制擬大內。左布政張嶸，以土地屬自己管轄，不許侵占，宸濠乃送他食品四項，一系乾棗，一系鮮梨，一系生薑，一系芥菜。嶸啟視畢，呼來使劉吉道：「我知寧王的用意了。他欲我早離此地，免得與他反對。但臣子受命朝廷，行止一切，不得擅專，寧王也是人臣，難道得干預我麼？」說得劉吉啞口無言。嶸即將原物退還，交給劉吉攜歸。宸濠沒法，只好取出金帛，再去求錢寧設法。寧囑吏部調嶸還都，升為光祿寺卿，嶸乃離任去訖。還是運氣。

宸濠又令黨羽王春、餘欽等，招募劇盜凌十一、閔廿四、吳十三等五百餘人，與楊清等同匿丁家山寺，劫掠民財商貨，儲入府庫。復厚結廣西土官狼兵，以及南贛、汀漳

第五十一回　夐群盜寧藩謀叛　謝盛宴撫使被戕

等處各峒蠻，使為外援。一面遣人往廣東，收買皮帳，製成皮甲，督造槍刀盔甲，並佛郎機銃等，砧錘叮噹的聲音，徹夜不絕。會吳十三等，往劫新建庫銀七千兩，藏置窩主何順家中，事為巡撫孫燧聞悉，立飭南昌知府鄭瓛，率役破窠，取歸庫銀，拘戮何順。孫燧復派兵捕盜，拿住吳十三等，械繫南康府獄中。凌十一、閔廿四，竟往報宸濠，召集群盜，迭行奏聞，書凡七上，都被宸濠黨邀截，無一得達。唯自劾乞休一疏，總算到京，也不見有什麼批答。

時僉事許逵（見四十七回）就任江西按察司副使，密謁孫燧，請他先發制人。燧恐兵力未足，遲遲不發，適宸濠父死，居苫塊間，矯情飾禮，陰嗾南昌生徒揄揚孝行，一面脅迫孫燧，據事奏聞。燧欲緩他逆謀，依言具奏。武宗覽奏道：「百官賢應該升職，寧王賢何必申奏，孫燧也太糊塗了。」糊塗皇帝，應有此糊塗臣子。太監張忠在旁，啟奏道：「稱寧王孝，便譏陛下不孝；稱寧王勤，便譏陛下不勤。」武宗驚異道：「孫燧敢如此麼？」張忠道：「這恐由錢寧、藏賢所主使。他兩人交通寧王，早謀為逆，難道陛下尚未聞知麼？」原來江彬與錢寧有隙，張忠素附江彬，所以乘間傾寧。都是好人。武宗被忠一說，為之動容。東廠太監張銳，大學士楊廷和，初亦黨濠，無非有錢到手。

126

至是知濠謀逆,且聞武宗已入忠言,乃議再削寧藩護衛,以免後患。御史蕭淮,又盡情舉發,並言寧藩偵卒,多寄匿賢家。於是詔飭校尉,至賢家搜查。校尉以形跡可疑四字,入復上命。賢家多複壁,外蔽木樨,內通長巷,寧藩偵卒林華,竟從複壁中逸去。楊廷和請仿宣宗處趙府故事(見三十二回),遣勳戚大臣往諭,叛跡已著,豈宣諭所得了耶?武宗准奏,因令太監賴義,駙馬都尉崔元,都御史顏頤壽等,持諭戒飭,乘便收撤護衛。

這邊方奉命登程,那邊正開筵祝壽,原來宸濠生辰,系六月十三日,屆期懸燈演戲,設宴徵歌,寧府中非常熱鬧。所有鎮守官,巡撫官,按察司,都御史等,都趨府祝賀,齊集一堂,大家歡呼暢飲,興高采烈。忽報林華到來,當由宸濠傳入,林華跪蹌登堂,尚帶三分氣喘,意欲稟報京事,無奈眾官滿座,不便直陳,只得張皇四顧。宸濠心知有異,便召他入內,屏人與語。約歷片時,方再出陪賓。大眾正在酣醉時候,也無暇問及,等到酒闌席散,客去天昏,宸濠便召劉養正、劉吉密議,將林華所報情形,複述一遍。養正道:「事急了,俗語有云,先下手為強,若再遲疑,要為人所制了。」宸濠即請他設計,由養正沉思一會,方道:「有了有了。」隨即與宸濠附耳道:「如此如此。」宸濠即兩個有了,兩個如此,好一對仗。說了數語,把一個寧王宸濠,引得歡天喜地。當下

第五十一回　縶群盜寧藩謀叛　謝盛宴撫使被戕

轉瞬天明，即召致仕都御史李士實入府，將乘機起事的意思，與他說了。士實與宸濠交遊，聽知此話，唯唯從命。辰牌將近，巡鎮三司各官，陸續前來謝宴，依次拜畢，但見府中護衛，帶甲露刃，盡入庭中。宸濠出立露台，大聲道：「孝宗在日，為李廣所誤，抱民家養子，紊亂宗祧，我列祖列宗，不得血食，已是十四年。昨奉太后密旨，令我起兵討賊，爾等曾知道麼？」眾官聞言，面面相覷。獨巡撫孫燧，毅然道：「密旨何在？取來我瞧！」宸濠叱道：「不必多言，我今擬往南京，你願保駕麼？」自稱御駕。孫燧怒目視濠道：「你說什麼？可知道天無二日，臣無二主，太祖法制具在，哪個敢行違悖？」言未已，但聽宸濠大呼道：「把勢快來！」四字說出，吳十二、凌十一、閔廿四等，俱應聲入內。當由宸濠發令，將孫燧綁縛起來，眾官相顧失色。按察司副使許逵，上前指濠道：「孫都御史，是朝廷大臣，你乃反賊，擅敢殺他麼？」復顧孫燧道：「我曾云先發制人，未邀允許，今已為人所制，尚有何言？」孫燧尚是忠臣，但不從逵言，亦嫌寡斷。宸濠復指令群盜，縛住許逵，並問逵有何說？逵叱道：「逵只有一片赤心，哪肯從你反賊？」且縛且罵。燧亦痛罵不絕。宸濠大怒，令校尉火信等，召入盜首吳十三、凌十一、閔廿四等，授他密計，令各率黨羽，帶領兵器，分頭埋伏去訖。

128

把兩人痛毆，擊斷孫燧左臂，逵亦血肉模糊，兩人氣息僅屬，由宸濠喝令牽出城門，一同斬首。逵臨死，尚痛罵道：「今日賊殺我，明日朝廷必殺賊。」至兩人殉義時，天空中炎炎的烈日，忽被黑雲遮住，慘澹無光，宸濠反藉此示威，並將御史王金，主事馬思聰、金山，右布政胡濂，參政陳杲、劉斐，參議許效廉、黃宏，僉事顧鳳，都指揮許清、白昂，及太監王宏等，統行拘住，械鎖下獄。馬思聰、黃宏，絕粒死了。宸濠遂令劉養正草檄，傳達遠近，革去正德年號，指斥武宗，授劉養正為右丞相，李士實為左丞相，參政王綸為兵部尚書，總督軍務大元帥。分遣逆黨婁伯、王春等四出收兵，往攻南康，知府陳霖遁去，轉攻九江，兵備副使曹雷，及知府汪穎等亦遁。一面令吳十三、閔廿四等，奪船順流，脅降左布政使梁宸，按察使楊璋，副使唐錦諸人。數城俱陷，大江南北皆震。

為了這番亂事，遂引出一位允文允武的儒將，削平叛藩，建立奇功，這位儒將是誰？就是前時反對劉瑾，謫戍龍場驛的王守仁。大書特書。守仁自謫居龍場，因俗化導，苗黎悅服。當劉瑾伏誅，調任廬陵知縣，未幾召入京師，累遷鴻臚寺卿。尋因江西多盜，擢他為僉都御史，巡撫南贛、汀、漳。既蒞任，即檄閩、廣兩省會兵，先討大帽山賊，連破四十餘寨，擒賊首詹師富。復進討大庾、橫水、左溪諸賊，逐去賊首謝志山

第五十一回　夤群盜寧藩謀叛　謝盛宴撫使被戕

等，所在蕩平。贛州知府邢珣，吉安知府伍文定，亦奉檄平定桶岡，招降賊首藍廷鳳，破巢八十有四，俘斬六千有奇。守仁又誘斬唎頭賊首池仲容，及弟仲安，追餘賊至九連山，掃清巢穴，芟雉無遺。數十年巨寇，一併肅清，遠近驚服如神明。守仁因境內大定，往謁宸濠。濠留他宴飲，適李士實亦同在座，彼此談論時政得失。士實道：「世亂如此，可惜沒有湯武。」已有煽動宸濠之意。守仁道：「即有湯武，亦須伊呂。」宸濠道：「有湯武便有伊呂。」守仁道：「有了伊呂，必有夷齊。」彼此標示暗號，煞是機鋒暗對。宴畢散去。宸濠知守仁不肯相從，屢欲加害，守仁也暗中防備，巧值福州三衛軍人進貴等作亂，警報傳至京師，兵部尚書王瓊，語主事應典道：「進貴事小，寧藩事大，我意欲調王守仁一行，藉著進貴亂事，給他敕書，俾他得調動兵馬，相機行事，他日有變，不患呼應不靈了。」王瓊此言，恰是有識，然亦由守仁命不該死。應典很是贊成。遂奏請賜敕王守仁，令查處福州亂軍。守仁奉命即行，所以宸濠起事，江西守臣多遇害被執，獨守仁得免。守仁行至豐城，豐城知縣顧俶，已得宸濠反信，告知守仁，並說宸濠有懸購守仁的消息，守仁臨機應變，立刻易服改裝，潛至臨江。知府戴德孺，聞守仁遠來，倒屣出迎，請他入城排程，這一番有分教：

130

奇士運籌期破賊，叛藩中計倏成擒。

畢竟守仁如何定計，且看下回表明。

本回敘宸濠謀變始末，簡而不漏，詳而不煩。宸濠包藏禍心，已非一日，宮廷豈無所聞？誤在當道得賄，暗中袒護，俾得從容布置，豢盜賊，制兵甲，直至戕害撫臣，名城迭陷，設無王瓊之先行設法，王守仁之馳歸決策，則大江上下，偏布賊黨，明廷尚有豸乎？大學士楊廷和，身居重要，初亦與叛藩往來，至蕭淮等舉發奸謀，尚欲援宣德故事，遣使往諭，促使為變。孫燧、許逵之被害，未始非廷和致之。廷和之誤國且如此，彼錢寧、臧賢輩，何足責乎？

第五十一回　糾群盜寧藩謀叛　謝盛宴撫使被戕

第五十二回　守安慶仗劍戮叛奴　下南昌發兵征首逆

卻說王守仁到了臨江，與知府戴德孺接談，德孺向守仁問計，守仁道：「是處地瀕大江，且與省會甚近，易攻難守，不若速趨吉安，還可整頓防務，抵禦叛賊。」德孺又問道：「我公曉暢軍機，料敵如神，今日宸濠舉兵，應趨何向？」守仁道：「為宸濠計，恰有上中下三策：若他直趨京師，出其不意，最是上策。否則徑詣南京，大江南北，亦必受害，雖非上策，也是中策。如或專據南昌，不越雷池一步，便是下策。他日王師齊集，四面夾攻，便如甕中捉鱉，束手成擒了。」確是料敵如神。德孺很是佩服。守仁即轉赴吉安，與知府伍文定，籌商戰守機宜。守仁道：「賊若出長江，順流東下，南京必不可保，我已定下計策，令他不敢東行。十日以後，各軍調集，那時可戰可守，便不足慮了。」文定道：「寧王暴虐無道，久失人心，哪裡能成大事？得公為國討賊，何

133

第五十二回　守安慶仗劍戮叛奴　下南昌發兵征首逆

患不濟？」守仁道：「古人說的臨事而懼，好謀而成，現在發兵伊始，須先備糧食，修器械，治舟楫，一切辦齊，方免倉皇。」此是用兵要訣。文定道：「公言甚是。某雖不才，願為效力。」守仁大喜，即與文定籌備軍事，一面遣騎四出，向各府州投遞檄文，略言：「朝廷早知寧王逆謀，已遣都督許泰率京軍四萬南下，兩湖都御史秦金，兩廣都御史楊旦，及本都御史會兵，共十六萬人，趨集南昌。大兵所過，沿途地方有司，應供軍糧，毋得因循誤事，自干罪咎」等語。一派虛言。這檄傳出，早被宸濠偵悉，信為實事，但緊緊的守住南昌，不敢出發。

李士實與劉養正兩人，恰日日慫恿宸濠，早攻南京，宸濠頗為心動。忽由偵騎遞到蠟書，亟忙展視，不禁失色。原來蠟書一函，是巡撫南贛王守仁，密貽李士實、劉養正兩人，內稱：「兩公有心歸國，甚是欽佩，現已調集各兵，駐守要害，專待叛酋東來，以便掩擊，請兩公從中慫恿，使他早一日東行，即早一日殲滅，將來論功行賞，兩公要算巨擘呢。」這一封密書，若由明眼人瞧著，便料是守仁的反間計，宸濠哪裡曉得，還道是李、劉二人，私通守仁，暗地裡將書擱起，所有二人言語，從此皆不肯輕信。二人亦無可奈何，但暗暗嗟嘆罷了（上文敘宸濠中計，從守仁一邊著筆，此處從宸濠一邊，著筆妙有參換）。

134

宸濠堅守南昌，閱十餘日，並不見有大兵到來，方知中了守仁的詭計，追悔不及，遲了。忙請李士實、劉養正商議，兩人仍依著前言，勸宸濠急速東行。宸濠乃留宜春郡王拱㭚，與內官萬銳等守南昌，自率李士實、劉養正、閔廿四、吳十三等，共六萬人，號稱十萬，分五哨出鄱陽湖，蔽江而下。令劉吉為監軍，王綸為參贊，指揮葛江為都督，宸濠親督中堅，所有妃嬪、世子、侍從等，都載舟從行。比陳友諒還要呆笨。舟至安慶，投書城中，招守吏出降。猛聞城頭一聲鼓響，士卒齊登，頓時旗幟飛揚，刀矛森列，從刀光幟影中，露出三員大將，一個是都督僉事楊銳，一個是知府張文錦，一個是指揮崔文，統是滿身甲冑，八面威風，寫得精神奕奕。齊聲道：「反賊休來！」宸濠亦高聲答道：「本藩奉太后密旨，親自討賊，並非造反，你等休得認錯，快快開城出降，免得一死！」知府張文錦道：「我奉皇上命令，守土撫民，不似你反賊橫行無狀，你若自知罪惡，早些束手受縛，我等還好替你洗刷。如再執迷不悟，即日身首分離，宗祀滅絕，你休後悔！」宸濠大怒，即督眾攻城。城上矢石雨下，把前列的攻卒，射傷多人，連宸濠的盔纓上面，也中了一箭，險些兒射破頭顱。宸濠吃了一驚，麾眾暫退。次日復進兵撲城，城上固守如故。自晨至暮，一些兒不占便宜。接連數日，城守依然。時浙江留守太監畢貞，起兵應濠，遣僉事潘鵬（即上文巡浙御史時，已就職僉事），到了安慶，助濠

第五十二回　守安慶仗劍戮叛奴　下南昌發兵征首逆

攻城。鵬本安慶人，遣家屬持書入城，諭令速降。崔文撕碎來書，拔劍在手，將來使揮作兩段。復梟下首級，擲出城外。宸濠復令鵬至城下，呼崔文等答話。崔文道：「你食君祿，受君恩，為什麼甘心降賊？我不配與你講談。」一言至此，復把使人的屍首，剁作數截，一塊一塊的投將下來，並說道：「叛奴請看！就是你日後的榜樣。」鵬憤怒交迫，戟手指罵。文在城上拈弓搭箭，意欲射鵬，鵬慌忙走脫。既而城上縛著罪犯數十人，由張文錦親自監斬，並呼城下軍士道：「你等皆朝廷兵士，朝廷也養你不薄，如何錯了念頭，反為叛賊效力？須知大逆不道，罪至滅族。看看！這是叛奴潘鵬的家屬，今日為鵬受罪呢。」言畢，即喝令左右，把潘鵬家屬，無論男婦老幼，都是一刀一個，梟首示眾。宸濠的軍士，眼睜睜的瞧著城上，頗有些悔懼起來，獨潘鵬悲忿異常，請命宸濠，誓破此城。奈張文錦等協力同心，隨機應變，饒你如何憤激，全不中用。宸濠不覺愁嘆道：「偌大一座安慶城，尚是攻不進去，還想什麼金陵呢？」看似容易做似難，誰叫你造反。

王守仁在吉安，已徵集各兵，出發樟樹鎮。臨江知府戴德孺，袁州知府徐璉，贛州知府邢珣，端州通判胡堯元、童琦，推官王、徐文英，以及新淦知縣李美，太和知縣李楫，寧都知縣王天與，萬安知縣王冕等，各率兵來會，共得八萬人，悉聽守仁號令，進抵豐城。守仁集眾官會議，推官王進言道：「現聞寧王攻安慶城，連日不能下，諒他必

136

兵疲氣沮，若率大兵往援，與安慶守兵，前後夾攻，必能破賊。寧賊一敗，南昌可不戰而下了。」此是行兵常道。守仁道：「君但知其一，未知其二。試想我軍欲救安慶，必越南昌，困難情形，且不必說，就是與宸濠相持江上，勢均力敵，未見必勝，安慶城內的守兵，也可勞敵，但能自保，不足為我援應，當時南昌賊兵，出我後面，絕我餉道，南康、九江的賊眾，又合力謀我，使我腹背受敵，豈非自蹈危地麼？依我意見，不如徑攻南昌。」見識高人一籌。王又道：「寧王經畫旬餘，方才出兵，他恃南昌為根據，勢必留備甚嚴，我軍進攻，未必一時可拔。安慶被圍日久，孤城易陷，未得南昌，先失安慶，恐非良策。」守仁微笑道：「你太重視這反賊了。他遲遲發兵，實是中了我計，徘徊未決，後知為我所給，忿激而出，精銳多已隨行，所有南昌守兵，必甚單弱，我軍新集，氣勢正銳，不難攻破南昌。他聞南昌危急，哪肯坐失巢穴，勢必還兵自救，安慶自可撤圍。等他到了南昌，我已把南昌奪下，賊眾自然奪氣。首尾牽制，賊必為我所擒了。」所謂知彼知己，百戰百勝。王方才悅服，眾官亦相率贊成。乃將全隊人馬，分為十三哨，每哨多約三千人，少約千五百人，伍文定願為先鋒，守仁應允，只囑他次第薄城，各攻一門。九哨作正兵，四哨作遊兵。正兵責成攻擊，遊兵往來策應。正在分囑的時候，忽有偵騎來報，寧王曾在南昌城南，預置伏兵，作為城援。守仁道：「知道了。」

第五十二回　守安慶仗劍戮叛奴　下南昌發兵征首逆

布置從容，毫不著急。遂召知縣劉守緒入內道：「宸濠雖預置伏兵，諒不過數千人，我給你騎兵五千，貪夜出發，須從間道潛行，掩襲過去，不怕伏兵不滅，這就叫做將計就計。」守緒領命自去。

守仁遂於七月十九日發兵，至二十日黎明，齊至汜地，當即下令軍中，一鼓薄城，再鼓登城，三鼓不登者斬，四鼓不登，戮及隊將。一面寫了檄諭，縛在箭上，射入城中，令城中百姓，各閉戶自守，勿助亂，勿恐畏逃匿，遂飭各軍整頓攻具，攜至城下。霎時間鼓聲大震，各軍蟻附城下，把雲梯繩索等物，一概扎縛停當，豎將起來，等到鼓聲再響，都緣梯齊上，奮勇攀城。城上雖有守卒，拋下矢石，怎奈官軍拚命而來，前仆後繼，御不勝御。又遠遠望著城南伏兵，伏兵亦遭截擊（劉守緒一路用虛寫），不禁魂飛魄散，大家吶喊一聲，索性走了他娘，各逃性命。至第三通擊鼓，各軍已半入城內，開了城門，招納外兵。守仁麾軍大進，如入無人之境。劉守緒亦已掃蕩伏兵，隨入城中。全城已破，分貼安民告示，並嚴申軍律，不准騷擾。贛州、奉新的兵馬，多系收來降盜，一入城中，多行劫掠，不遵約束，事為守仁所聞，飭各將官捕獲數人，立斬以徇，兵民才得相安。紀律不得不嚴。守仁復帶領各兵，圍搜王宮，忽見王宮高處，黑煙騰湧，如驅雲潑墨一般，繼而煙霧中鑽出一

道火光，沖上層霄，照得全城皆赤，頓時爆裂聲，坍陷聲，及號哭聲，陸續不絕。守仁令各兵用水撲火，一時火勢炎炎，無從撲滅。各兵正忙個不了，突見火光影裡，擁出一群人來，疾走如飛，伍文定眼快，喝令軍士，速即拿住。眾兵追上，手到拿來，不曾走脫一人，獻至軍前審問，就是宜春郡王拱樤，以及逆黨萬銳等人，當將他系入檻車，再行滅火入宮。宮人多葬身火窟，有未曾被火的，一律拘繫，訊系脅從吏民，盡行遣散。檢點倉庫，金銀錢谷，存蓄尚多，這都由宸濠窮年累月，橫徵暴斂，所得百姓的脂膏，作為謀叛的費用。守仁取了一半，犒賞從征的將士，餘剩的統檢數登籍，嚴加封閉，這且慢表。

且說守仁在吉安時，已將宸濠反狀，飛報京師，並疏請速黜奸邪，禁止遊幸等情。武宗時在豹房，接到此奏，也覺慌張起來，當召諸大臣集議。許泰、劉暉等紛紛獻計，議論不一，尚書王瓊獨宣言道：「有王伯安在，不久自有捷報，慮他什麼？」（伯安便是守仁別字。）瓊前時請敕徵調，正為防備宸濠起見，所以有此一說（應上次）。大眾將信將疑，江彬獨請武宗親征，武宗早欲南巡，正好藉此為名，好算湊巧，遂傳旨內閣。略稱：「宸濠悖逆天道，謀為不法，即令總督軍務威武大將軍鎮國公朱壽，統各鎮邊兵征剿，所下璽書，改稱軍門檄。」楊廷和等上疏諫阻，毫不見從，只收逮太監蕭敬、秦

第五十二回　守安慶仗劍戮叛奴　下南昌發兵征首逆

用、盧朋，都督錢寧，優人臧賢，尚書陸完等，一併下獄，籍沒家產。一面令江彬速發禁軍，前驅出發，自己帶著妃嬪人等，啟蹕出京。此時最寵愛的劉美人，適有微疾，不及隨行，武宗與她密約，擬定車駕先發，遣使續迎。美人出一玉簪，交給武宗，作為日後迎接的證據。本是個樂婦出身，生就水性楊花，何需信物？武宗藏簪袖中，至蘆溝橋，策馬疾驅，簪竟失落，大索數日不得。到了臨清州，遣中使往迎美人，美人辭道：「不見玉簪，怎敢赴召？」中使返報，武宗獨乘著單舸，晝夜疾行，馳至京師，才將美人並載，一同南行。內外從官，竟沒有一人知覺，可見武宗的本意，並不在親征宸濠，實是要親選南威哩。駕才出京，王守仁捷音已到，武宗留中不發，只慢慢兒的南下。

小子且把南巡事暫擱，先將守仁擒宸濠事，敘述明白（插入武宗南征一段，以便下文接筍）。守仁既得了南昌，休息二日，即擬遣伍文定、徐璉、戴德孺等，分道出兵。忽由偵卒走報，寧王宸濠，撤安慶圍，來援南昌了，守仁道：「我正要他還兵自救哩。」（回應前言。）眾官道：「此次叛王宸濠，挾怒而來，兵鋒必銳，恐不可當，我軍只宜堅壁固守，休與他戰。待他久頓城下，糧盡援絕，勢將自潰，那時可乘隙追擒了。」亦似有理。守仁道：「諸君又說錯了。宸濠兵馬雖眾，多系烏合，聞他所到的地方，徒恃焚掠，威驅勢迫，並沒有部勒的方法，嚴肅的號令。且自謀變以來，未曾經過大敵，與他

旗鼓相當，一決勝負，所稱士馬精強，不過徒有虛名，毫不足懼。他所誘惑人心的要著，無非是事成封爵，富貴與共等套話。現在安慶不能取，南昌又被我攻下，進無可進，退無可退，眾心懈亂，自在意中，試問世上哪一個人，肯平白地拚了性命，去求那不可必得的富貴呢？我今仗著機勢，發兵邀擊，他必不戰自潰，豈尚能與我相持麼？」正說著，帳外又報撫州知府陳槐，溫言慰勞，亦率兵到來，守仁喜道：「兵厚力集，不擒逆藩，更待何時？」當下接見陳槐，溫言慰勞，並檢閱新兵，一一安頓，不消絮述。越宿，復得偵報，說是宸濠的先鋒隊，已至樵舍。守仁即登堂升座，召集各將士道：「今日是叛藩就擒的日子，望諸君為國效勞，努力破賊！」眾將士齊聲應命。守仁傳伍文定至座前道：「前驅的責任，仍然勞君，請君勿辭！」文定欣然應諾，便召餘恩道：「你去接應伍太守，我有錦囊一枚，內藏祕計。可至軍前啟視，與伍太守依計而行，不得有誤！」言訖，遂取出錦囊，遞與文定。兩人領命去訖。又傳邢珣近前道：「我亦授你錦囊一個，你可照計行事，小心勿違！」邢珣亦受命而去。復語徐璉、戴德孺道：「兩公可分兵兩隊，作為左右翼，夾擊賊兵，不患不勝。」兩人亦唯唯去訖（上文用虛寫，此處用明示，無非為筆法矯變計耳）。守仁分遣諸將後，也帶著親兵數千名，出城駐紮，專待各路捷音。小子有詩詠道：

第五十二回　守安慶仗劍戮叛奴　下南昌發兵征首逆

誰言文吏不知兵，惟幄紆籌似孔明。
試看洪都操勝算，千秋猶自仰文成。

欲知勝負如何，待小子下回續詳。

寧藩之叛，料敵決勝，志平叛逆者，全賴一王守仁。而楊銳、張文錦、崔文等，亦不為無功。守仁計賺宸濠，俾其株守南昌，不敢東下者旬日，可謂巧矣。但旬日以後，宸濠出攻安慶，若非楊銳、張文錦等，以三人捍孤城，則安慶一陷，乘勢東行，金陵尚可保乎？雖宸濠智謀有限，紀律不嚴，未必能畫江自守，與錢鏐比，然既得金陵，可戰可守，如欲指日蕩平，恐非易事。故守仁為本回之主腦，而楊銳、張文錦、崔文等，亦一賓中主也。觀文中敘安慶之守，及南昌之下，皆寫得有聲有色，躍動紙上，有是事不可無是文，有是文不可無是筆。

142

第五十三回
伍文定縱火擒國賊　王守仁押俘至杭州

卻說宸濠圍攻安慶，相持半月有餘，尚不能下，正擬督兵填濠，期在必克，忽接到南昌被圍消息，不免心慌意亂，急令撤兵還救。李士實進諫道：「南昌守兵單弱，敵不過王守仁，我若還救，恐已不及了。」也有見識。宸濠道：「丞相欲再攻安慶麼？」士實道：「這也不必。依著愚見，南昌無須還救，安慶亦可撤圍。」宸濠道：「照你說來，此後到哪裡去？」士實道：「何不逕取南京，即位稱尊？那時傳檄天下，大江南北，容易平定，還怕江西不服麼？」這便是守仁所說中策。宸濠沈吟半晌，復道：「南昌是我根本重地，金銀錢谷，積儲尚多，我若失去這項積儲，何處再得軍用？現在無論如何，只好還救南昌，顧全根本，然後再圖別策。」已不勞你費心了。士實見進諫無益，默然退出，自嘆道：「不用吾言，還有何望呢？」誰叫你明珠暗投。

第五十三回　伍文定縱火擒國賊　王守仁押俘至杭州

宸濠見士實退出，即督率將士登舟，溯江而上，直抵揚子江口，先遣精兵二萬，還救南昌，自率大兵後應。先鋒隊順風揚帆，聯舟直上，越過樵舍，進逼黃家渡，望見前面已有戰船，分作兩排列著，船上各插旗號，在前的是伍字旗，在後的是餘字旗，伍、餘兩軍出現。他也不管什麼伍、餘、元、卜，只仗著順風順勢，鼓譟前進。伍、餘兩人，早已展閱錦囊，依著誘敵的祕計，佯為交戰，鬥不數合，返舟急走，一逃一追，逃的是假，追的是真。宸濠聞前軍得利，也率眾繼進，只前軍與後軍，相隔尚遠，前軍亦不勝相顧，爭先恐後，弄得斷斷續續。恰巧邢珣奉了密計，繞出敵軍先鋒隊後面，衝擊過去，邢軍出現。敵軍不及防備，頓時忙了手腳，哪知前面的伍、餘兩軍，又復翻身殺來，一陣掃蕩，把敵船擊沉無數。宸濠遠遠瞧見，即飭各舟赴援，不料行近戰線，左右炮響，殺出兩路兵船，左邊兵船上，懸著徐字旗號，右邊兵船上，懸著戴字旗號，徐、戴兩軍也出現。兩翼官兵，攔腰截擊。宸濠顧東失西，顧西失東，戰不多時，撞舟折舵聲，及呼號慘叫聲，攪成一片，擾擾不已。伍、餘各軍，已將前行的敵船掃淨，來助戴、徐。四五路的官兵，夾擊宸濠。宸濠惶急異常，只好下令退走，好容易在官兵裡面，衝開一條血路，向東逃生。官兵趕了數十里，擒斬二千餘級，奪得船械無數，方才收兵。

宸濠退保八字腦，夜間泊舟，與黃石磯相對。宸濠見磯勢頗險，問左右道：「此磯叫做何名？」左右多云未知，唯有一小卒是饒州人，素悉地形，即上前答道：「這地名黃石磯。」宸濠大怒道：「你敢來訕笑我麼？」言未畢，已拔出佩刀，把小卒殺死。咄咄怪事。劉養正進諫道：「大王何故殺此小卒？」宸濠尚帶著怒氣，悍然道：「他說的黃字，難道此磯已知我失敗，不是明明訕笑我麼？」養正道：「他說的黃字，是黃色的黃字，不是大王的王字，他說的石字，是石板的石字，不是失敗的失字，磯字與失機的機字，也是不同，幸勿誤會。」宸濠方知為誤殺，乃令軍士將小卒屍首，舁瘞岸上，嘆息罷了。但附從各將士，見宸濠如此昏瞶，料知不能成事，紛紛散去。

宸濠正愁悶無聊，忽又接著軍報，守仁已遣知府陳槐、林械等攻九江，曾璵、周朝佐等攻南康。宸濠大驚道：「曾璵是建昌知府，他也幫助王守仁，去攻南康麼？」（借宸濠口中，敘出曾璵，省卻文中轉折。）若南康、九江，被他奪去，我還有什麼土地？奈何奈何！」養正道：「事已至此，不必說了。現在只有振作軍心，再圖一戰。若得戰勝守仁，奪還南昌，即無他慮。」宸濠道：「我看此間將士，為了前次一敗，多已懈體，不如盡發南康、九江兵，與他一戰，何如？」官軍正圖南康、九江，他卻欲調兵助戰，正是牛頭不對馬尾。養正道：「重賞之下，必有勇夫，大王何惜些須金帛，

第五十三回　伍文定縱火擒國賊　王守仁押俘至杭州

不肯犒士？若懸賞購募，與守仁決一死戰，當可得勝，何必調兵他處呢？」宸濠尚疑信參半，一面檄調南康、九江兵馬，一面出了賞格，將士有當先效命的，賞千金，突陣受傷，加給百金。這令一下，果然人人拚死，鼓舟再進。

行未數里，已與官軍相遇。兩下對仗，宸濠的將士，比前日大不相同，刀槍並舉，炮銃迭發，一股銳氣，直撲官軍。官軍被他殺傷，竟至數百名，稍稍退卻。伍文定統領全師，瞧這情形，忙躍登船頭，掣出佩劍，把臨陣退縮的兵士，砍死了五六名；又把令旗一揮，率動各戰船，向那槍林彈雨中，掩殺上去。是時戰雲密布，毒焰漫空，拳頭大的火星，一顆顆，一點點，飛入伍文定舟中。文定毫不膽怯，仍然挺身矗立，督軍死戰，驀然間火星爆裂，彈向文定面上，將文定連鬢長鬚，燒去一半。文定只用手一拂，墜落火星，一些兒沒有驚惶，指揮如故。垂敗的官兵，見主將如此鎮定，毫不畏死，也不由的感憤起來。當下將對將，兵對兵，槍對槍，炮對炮，酣戰多時。宸濠見不能取勝，也撥船突陣，不防有一炮射來，正中他坐船，一聲怪震，把船頭擊得粉碎，江中波浪，隨同震盪，各戰船都搖動起來。宸濠在百忙中，移過別船，部眾相率驚駭，頓時大潰。等到煙消火滅，只見官軍尚在那裡，所有宸濠的戰船，已逃至樵捨去了。伍文定檢查戰功，復擒斬二千餘級，申報守仁，預備再戰。

宸濠吃了第二次敗仗，懊悵得很，復收合餘燼，聯結殘舟，成了一個方陣，連牆自守；盡出所有金帛，賞犒死士。這事被守仁聞悉，忙遣人致文定啟書，書中沒有別語，只有「急用火攻」四字。文定道：「我亦已有此意。」彷彿瑜、亮。遂邀集餘恩、邢珣、徐璉、戴德孺等，議定埋伏夾擊等計策，各攜火具，分道並進。會宸濠召見群下，迭述敗狀，擬將臨陣先逃的部目，牽出數人，斬首示懲。各部目多系劇盜，哪肯奉諭，枉送性命。遂一鬨爭辯起來，你推我諉，噪個不住。你要收羅盜賊，還你這般結果。探卒忽入船嘩報導：「官軍來了！官軍來燒我舟了！」宸濠聽著，大驚失色，忙推案出望，但見前後左右，已是火勢炎炎，燒個正著。官軍乘著火勢，紛紛躍上舟陣。

原來縱火的官軍，便是餘恩、邢珣、徐璉、戴德孺四路水師，與伍文定計議妥當，各駕輕舟，埋伏隱處，等到風色一順，分頭舉火，所以東西南北，面面燒著。宸濠在船頭上，痴望多時，只見邢珣自左殺來，戴德孺自右殺來，餘恩攻後，伍文定攻前，自己部下的將士，紛紛投水，毫無抵禦的能力，不禁流涕道：「大事去了！」正說著，副舟也已被火，嚇得宸濠幾乎暈倒，慌忙走入船艙，與妃嬪等相對痛哭。這等無用的人物，也想造反嗎？正妃婁氏，挺身立起道：「妾前時曾諫止殿下，休負國恩，殿下不從，乃有

147

第五十三回　伍文定縱火擒國賊　王守仁押俘至杭州

今日。罷罷！殿下負了皇上，妾不忍負著殿下。」說至此，疾步趨至船頭，奮身一跳，投入水中。義烈可敬。各妃嬪見婁妃殉難，也都丟開性命，又聽得嗶嗶剝剝，火勢愈燒愈近，大家料難逃生，各啟舟艙，陸續投水，統向龍宮處報到。只有宸濠泣涕漣漣，何不隨妃嬪入水？挈著世子儀賓，兀在舟中坐住。官軍四面躍入，即將宸濠父子，用著最粗的鐵鏈，捆縛停當，牽出船外，移向伍文定坐船。宸濠舉目一瞧，所有丞相、元帥等，都已兩手反翦，縛置船中。這叫做患難與共。彼此吁嘆，閉目待斃。伍文定等分頭擒拿，將著名叛黨，一應鎖住，不曾漏脫一個。如李士實、劉養正、徐吉、涂欽、王綸、熊瓊、盧行、羅璜、丁贖、王春、吳十三、凌十一、秦榮、葛江、劉勛、何鏜、王信、吳國士、火信等，盡行械繫，共有數百餘人。還有被執及脅從各官，如太監王宏、御史王金，主事金山，按察使楊源，僉事王疇、潘鵬，參政陳杲，布政司梁宸，都指揮郟文、馬驥、白昂等人，也一併拘住。共擒斬叛兵三千餘級，溺死的約三萬人，燒死逃去的，無可計算。所有燒不盡的軍械軍需，以及溺水的浮屍，積聚江心，掩蔽數里。尚有數百艘賊船，臨時斬斷繩索，四散狂逃，經伍文定遣兵追剿，依次蕩滅。

守仁所遣陳槐、曾嶼等，亦攻復九江、南康二郡，並在沿湖等處，捕戮叛黨二千餘人。各將吏陸續返報，回到南昌。守仁尚在城外駐節，一一迎勞，彼此甚歡。伍文定手

148

下將士，押住宸濠，推至守仁座前。守仁正欲詰責，宸濠忽開口哀呼道：「王先生！本藩被你所擒，情願削去護衛，降為庶人，請先生顧著前誼，代為周全。」談何容易？守仁正色道：「國法具在，何必多言！」宸濠方才無語。南昌士民，聚觀道旁，齊聲歡呼道：「這位叛王，酷虐無道，既有今日，何必當初。可見天道昭彰，報應不爽哩！」有幾個江西官吏，本與宸濠相識，見了宸濠，也出言指示。宸濠泣語道：「從前商朝的紂王，信了婦言，致亡天下，我不信婦言，乃至亡國。古今相反，追悔已遲。婁妃！婁妃！你不負我，我卻負你，死也晚了。」家有賢妻，夫不遭禍，宸濠何獨未聞？守仁聞了此言，也為嘆息，隨命水夫撈認妻妃屍骸，從豐殮葬。眾將獻上宸濠函篋，內貯書信，多系京官疆吏，往來通問，語中未免有勾結情形。守仁不暇細閱，悉付與祝融氏，託他收藏；力持大體，造福不淺。一面露布告捷，才率軍入城。嗣聞武宗已啟蹕南征（應上次），急奏上封章，略云：

臣於告變之際，選將集兵，振揚威武，先收省城，虛其巢穴，繼戰鄱湖，擊其情歸。今宸濠已擒，逆黨已獲，從賊已掃，閩廣赴調軍士已散，驚擾之民已定。竊惟宸濠擅作威福，睥睨神器，招納流亡，輦轂之動靜，探無遺跡，臣下之奏白，百不一通。發謀之始，逆料大駕必將親征，先於沿途伏有奸黨，期為博浪、荊軻之謀。今逆不旋踵，發

第五十三回　伍文定縱火擒國賊　王守仁押俘至杭州

遂已成擒,法宜解赴闕門,式昭天討,然欲付之部下各官,誠恐潛布之徒,乘隙竊發,或虞意外,臣死有餘憾矣。蓋時事方艱,賊雖擒,亂未已也。伏望聖明裁擇,持以鎮定,示以權宜,俾臣有所遵循,不勝幸甚!

這疏本意,明明是諫阻南巡,且請將逆藩就地正法,以免意外。不料武宗得奏,毫不採用,只飭令將逆藩看管,聽候駕到發落。太監張忠,及安邊伯許泰等,因守仁前日上疏,有罷斥奸邪,禁止遊幸等語(應上次),心中未免挾嫌,想是賊膽心虛。入奏武宗,但云:「守仁先曾通逆,雖有功勞,未足掩罪。」幸武宗尚有微明,不去理睬。忠、泰又貽書守仁,謂「逆藩宸濠,切勿押解來京。現在皇上親征,須將宸濠縱入鄱湖,待皇上親與交戰,再行一鼓成擒,論功行賞。如此辦理,庶幾功成歸朝廷,聖駕不虛此行了。」煞是可笑,虧他寫得出來。守仁不為之動,竟不待武宗旨意,自將宸濠押出南昌,擬即北發。偏偏忠、泰兩人,遣使齎威武大將軍檄文邀截途中,勒令將宸濠交付。守仁又復不與,避道走浙江,欲從海道押解至京,貪夜到錢塘,不料太監張永,又在杭州候著。守仁見了張永,先把那計除劉瑾的功績,讚美一番,說得張永非常歡慰。見風使帆,不得不然(計除劉瑾,事見四十六回)。守仁復進言道:「江西百姓,久遭濠毒,困苦不堪;況且大亂以後,天復元旱成災,百姓有衣無食,有食無衣,若復須供給京

150

軍，將必逃匿山谷，聚眾為亂。當日助濠，尚是脅從，他日揭竿，恐如土崩瓦解，剿撫兩窮。足下公忠體國，素所欽佩，何不在京中諫阻御蹕，免多周折呢？」委婉動人。張永嘆道：「王先生在外就職，怪不得未識內情。皇上日處豹房，左右群小，蠱惑主聰，哪個肯效忠盡言？我是皇上家奴，只有默輔聖躬，相機諷諫便了，我此次南行，非為掩功而來，不過由皇上素性固執，凡事只宜順從，暗暗挽回；一或逆命，不但聖心未悅，並且觸怒群小，讒言易入，孤憤誰知，王先生試想！於天下大計，有什麼益處？」至情至理，令人心折。守仁點首道：「足下如此忠誠，令人敬服。」張永道：「我的苦心，也唯有先生知道呢。」守仁乃將忠、泰邀取宸濠，並從前致書等情，一一說明。張永道：「我所說的群小，便指若輩。王先生將何處置？」守仁道：「逆藩宸濠，已押解到此，好在與足下相遇，現擬將這副重擔，卸與足下，望足下善為處置，才畢微忱。」張永道：「先生大功，我豈不知，但不可遂徑行。有我在，斷不使先生受屈，務請放心！」守仁乃將宸濠囚車，交付張永，乘夜渡浙江，繞道越境，還抵江西。

張永押解宸濠，即日就道，途次語家人道：「王都御史赤心報國，乃張忠、許泰、江彬等，還欲害他，日後朝廷有事，將何以教忠？我總要替他保全呢。」庸中佼佼，還算張永。是時武宗已至南京，命張忠、許泰、劉暉等，率京軍赴江西，再剿宸濠餘黨。

第五十三回　伍文定縱火擒國賊　王守仁押俘至杭州

軍尚未發，永已馳到，入見武宗，備說守仁如何忠勤，且奏明忠、泰諸人偽狀，武宗方才相信。江彬等再進讒言，一概不准。張忠又入奏道：「守仁已至杭州，如何不來南京，謁見聖躬？就使陛下有旨召他，恐他也未必肯來。目無君上，跋扈可知。」讒入罔極。武宗又遣使江西，促召守仁。守仁奉召，馳至龍江，將要入見。張忠復遣人截住，不使進謁。守仁憤甚，即脫下朝衣，著了巾綸野服，避入九華山去了。張永聞知此事，又入奏武宗道：「守仁一召即來。中道被阻，今已棄官入山，願為道士。國家有此忠臣，乃令他投閒置散，豈不可惜！」武宗乃馳諭守仁，即令還鎮，授江西巡撫。擢知府伍文定為江西布政司右參政，邢珣為江西按察使，且令守仁再上捷書。守仁乃改易前奏，言奉威武大將軍方略，討平叛逆，復將諸嬖倖姓名，亦一一列入，說他調劑有功。江彬等方無後言。武宗遂於南京受俘，令在城外設一廣場，豎著威武大將軍旗纛，自與江彬等戎服出城。到了場中，飭令各軍四面圍住，方將宸濠放出，去了桎梏，令他兀立，親自擂起鼓來，飭兵役再縛宸濠，然後奏凱入城。彷彿做猢猻戲。小子有詩詠道：

國事看同兒戲場，侈心太甚幾成狂。
縱囚伐鼓誇威武，笑柄貽人足鬨堂。

152

未知武宗何日迴鑾,且俟下回續表。

宸濠聚集嬪從百官,聯舟江上,不特上中二策,未能舉行,即下策亦不能用,直無策而已矣。李士實謀取南京,尚從大處落手,而宸濠戀戀南昌,自投死路,婁妃初諫不從,至於投水殉難,宸濠有此謀士,有此賢妃,而執迷不悟,宜乎速斃。但李士實誤投暗主,婁妃誤嫁叛王,士實尚自取其咎,婁妃並非自取,乃承父母之命而來,夫也不良,竟遭慘死,吾不能不為之痛惜也。守仁親建大功,幾為宵小所搆,釀成冤獄,幸有太監張永,為之斡旋,豈忠可格天,彼蒼不忍沒其功,乃出張永以調護之耶?吾謂守仁智足達權,其心固忠,其忠非愚,故尚得明哲保身,否則不為岳武穆、於少保也幾希。

第五十三回　伍文定縱火擒國賊　王守仁押俘至杭州

第五十四回　教場校射技擅穿楊　古沼觀漁險遭滅頂

卻說武宗在南京受俘，本可即日迴鑾，但武宗南巡的本旨，實為著南朝金粉，羨慕已久，因此託詞親征，南來遊幸，哪裡肯指日回京？況路過揚州時，先由太監吳經，採選處女寡婦，供奉行在，武宗得左擁右抱，圖個盡歡；並生平最愛的劉娘娘，又載與俱南，體心貼意，般般周到，那時武宗安心行樂，還記得什麼京師。有時覺得閒暇，即帶著數騎，出外打獵。嘗獵揚州城西，留宿上方寺，甚是滿意。嗣後成為習慣，屢出馳逐。虧得這位劉娘娘，愛主情深，婉言勸阻，每經武宗出遊，往往輕裝隨去。算一個女監督。武宗也不忍拂意，但身旁帶著劉妃，未便東馳西驟，只好往各處寺觀，或竟寫著劉夫人事。所賜幢旛錦繡，梵貝夾冊，悉署威武大將軍名號，及劉娘娘的姓氏，或竟寫著劉夫人。江彬等扈蹕南京，巴不得武宗留著，多一日好一日，他好蹧蹋婦女，凌辱官民。

第五十四回　教場校射技擅穿楊　古沼觀漁險遭滅頂

太監張忠，安邊伯許泰，因前旨未曾取消，竟率京軍赴江西，沿途逞著威風，任情勒索，且不必說，及到了南昌，與守仁相見，傲慢無禮。守仁卻殷勤款待，備盡東道情誼，忠、泰毫不知感。還有給事中祝續，御史章綸，隨軍司事，望風附勢，日與兵士等，造作蜚語，誣衊守仁，由朝至暮，各呼守仁姓名，謾罵不絕。有時守仁出署，兵士等故意衝道，預備彼此爭鬧，可以乘隙啟釁。守仁一味包容，非但置之不較，反且以禮相待。兵士無法，只好退去。守仁又密遣屬吏，潛誠市人，令將所有婦女，暫徙鄉間，免生事端。一面安排牛酒，犒賞京軍。許泰聞信，先往阻止，並飭軍士勿受。守仁乃遍張揭貼，略稱北軍遠來，離鄉作客，自有各種苦處，本省居民，以主待賓，務宜盡禮，如有狎侮等情，察出勿貸。居民本敬服守仁，看了揭帖，無不唯命是從，因此與北軍相處，特別退讓。守仁以柔道待人，確是良法，但亦由平日愛民，民皆奉命維謹，故不致惹禍。守仁每出，遇見北軍長官，必停車慰問，親切異常。北軍有病，隨時給藥，北軍病歿，厚給棺葬。看官！你想人非木石，遭此優待，寧有不知感激的道理？插此數語，可見張忠、許泰不得齒列人類。大眾統相語道：「王都堂待我有恩，我等何忍犯他。」自此南昌城內，恰安靜了許多。

會值冬至節日，居民新經喪亂，免不得祭奠亡魂，酌酒舉哀。北軍觸景生悲，動了

156

思家的念頭，紛紛求歸。張忠、許泰，概不准請，軍士多出怨聲，忠、泰佯若不聞，反欲往教場校閱。令出如山，誰敢不遵？先期這一日，由忠、泰齋書撫署，邀請守仁率軍到場。守仁覆書照允，越日昧爽，守仁帶著江西軍，先往教場候著。約閱片時，方見張忠、許泰，策馬而來，後面隨著的兵士，不下萬人。守仁鞠躬相迎，忠、泰才下馬答禮。三人步至座前，分了賓主，依次坐下。許泰開言道：「今日天高氣爽，草軟馬肥，懲前毖後，應正是試演騎射的時候，所有南北將士，統是軍國干城，現在叛亂初平，呵呵大笑。守仁暗想，昨日書中，並未敘及南北校射，今日到了教場，驟提出校射二字，明明是乘我未備，有意刁難。且罷！我自有對待的方法，何必多憂，忠、泰兩人的暗計，藉此敘出。隨即答道：「伯爵不忘武備，顯見忠忱，但敝處所有精銳，統已遣派出去，分守要區，現今在城的兵弁，多半老弱，恐不堪一較呢。」張忠微哂道：「王都堂何必過謙，如逆藩宸濠，聚眾十萬，橫行江湖，閣下調集勁旅，奉行天討，聞捷書上面，報稱宸濠起事，只有三十五日，便即蕩平。這三十五日內，與宸濠交戰，想不過十多日，若非兵精將勇，那有這般迅速哩？」三十五日平逆，亦借張忠口中補敘，唯張忠所言，看似譽揚，實多諷刺。守仁道：「只全仗皇上的威靈，諸公的教導，守仁何

第五十四回　教場校射技擅穿楊　古沼觀漁險遭滅頂

力之有？」許泰道：「一譽一謙，談至何時，虛言不如實驗罷。」遂傳令校射，軍士已鵠候多時，聞了令，即在百步外張著靶子，先請江西軍射箭。守仁道：「主不先賓，自然由京軍先射呢。」京軍聞言，當下選出善射的數十人，接連發矢，十箭內約中七八箭，銅鼓聲鏗鏗不絕，張忠也連聲喝采，自覺面上生光。許泰卻笑著道：「十得七八，總算過十中四五，張忠不禁失笑道：「強將手下無弱兵，為什麼這般沒用？」當面奚落。許泰道：「有了強將，兵弱何妨？」守仁恰神色不變，便道：「我原說不堪一較，還怪！」張忠又接口道：「許公謂有了強將，兵不妨弱，想王都堂總有神技呢。」許泰道：「王都堂能射箭麼？」愈逼愈緊。「射法略知一二，唯素習文事，未嫻武技，還祈兩公原諒！」許泰道：「既知射法，何妨試箭。」守仁道：「班門之下，怎敢弄斧？」張忠道：「有斧可弄，何畏班門？」兩人一吹一唱，就走將下去，呼隨從帶馬過來，當道：「兩公有命，敢不敬從，就此獻醜便了。」言已，即一躍上馬，先跑了一回蹓子，到了箭靶豎著的位置，取了弓，拔了箭，不慌不忙，拈弓搭矢，左手如抱嬰兒，右手如託泰山，喝一聲著，那箭已放了出去，不偏不倚，正中紅心。南北軍士，齊聲喝采，銅鼓聲亦震得異

158

響。一箭甫中，一箭復來，巧巧與第一支箭，並桿豎著，相距僅隔分毫。鼓聲又震，喝采愈高。守仁躍下馬來，拈著第三支箭，側身續射，這一箭射去，正對準第二支箭桿颼的一聲，將第二支箭，送了出去，這箭正插入第二支箭原隙內。王公固擅絕技，文筆亦自不群。大眾睹此奇異，沒一個不踴躍歡呼，連鼓聲都無人聽見。守仁尚欲再射，不防背後有人拊著，急忙返顧，乃是安邊伯許泰，便道：「獻醜了，獻醜了。」許泰道：「都堂神箭，不亞當年養由基，怪不得立平叛逆，我等已領教過了，就此歇手罷。」原來忠、泰兩人，總道守仁是個文官，沒甚武藝，可以藉端嘲笑，誰知他竟有這般技射，這還不過出人意料；偏是守仁射中一箭，北軍也同聲喝采，聲震遐邇。於是張忠在座，密語許泰道：「我軍都輸服他了，如何是好？」許泰聞言，即下座止住守仁，教他休射。守仁正好藉此收場，遂撤隊而歸。守仁與忠、泰告別時，見兩人面色，很是怏怏，不覺肚中暗笑。回署以後，過了一天，便聞忠、泰有班師消息，再閱一宵，果然兩人同來辭行。守仁免不得設著盛筵，臨歧餞別。總計忠、泰駐兵江西，共歷五月有餘，假肅清餘孽為名，蟠據南昌，其實是叛黨早殲，不勞再剿；北軍並沒有出城，只有忠、泰兩人，捕風捉影，羅織平民，無辜株連，沒收財產，人民受他荼毒，不知凡幾。待至班師令下，相率歸去，真是人心喜悅，如去芒刺，這且擱下不題。

第五十四回　教場校射技擅穿楊　古沼觀漁險遭滅頂

且說武宗駐蹕南京，遊行自在，大有樂不思蜀的形景。江彬又乘機慫恿，勸武宗遊幸蘇州，下浙江，抵湖湘。武宗在京時，嘗聞蘇州多美女，杭州多佳景，正欲親往一遊，飽看景色，聞著彬言，適中下懷。自正德十四年冬季至南京，至十五年正月，尚未言歸，反飭群臣議行郊禮。此時大學士梁儲、蔣冕等，亦隨駕出行，接奉詔敕，謂郊禮一行，迴鑾無日，萬不可依詔定議，乃極力諫阻。疏至三上，始得邀准。就是遊幸蘇、浙，倒也罷議，唯總不肯迴鑾。悠悠忽忽，過了半年，尚沒有還京音信。但聞江彬倚勢作威，驅役官民，如同走狗，成國公朱輔，因事忤彬，罰他長跪軍門，才得了事。獨魏國公徐鵬舉（徐達七世孫），邀彬赴宴，中門不啟，又不設座中堂，頓時惹動彬怒，大聲問故。鵬舉恰正襟拱手道：「從前高皇帝曾幸私第，入中門，坐中堂，此後便將中門封閉，中堂也同虛設，沒人再敢僭用的。今蒙將軍辱臨，怎敢褻慢？但若破了故例，便與大逆相等，恐將軍也不願承受哩。」彬聽了此言，明知鵬舉有心為難，但是高皇帝三字，抬壓出來，如何抵抗得過？只好變嗔作喜，自認無知，勉勉強強的飲了數杯，即行告別。還有南京兵部尚書喬宇，守正不阿，彬嘗遣使索城門鎖鑰，宇獨正言拒絕，大旨以門鑰一項，關係甚大，從前列祖列宗的成制，只令守吏掌管，雖有詔敕，不敢奉命。彬聞報無法，只得罷休。有時彬矯旨需索，宇又必請面復始行。究竟偽難作真，臣難冒

160

君,任你江彬如何擺布,也不免情虛畏罪,自願取消。直道事人也有好處。宇又倡率九卿台諫,三次上章,請即迴鑾。武宗召彬與商,彬請下詔嚴譴,武宗躊躇道:「去年在京師時,加罪言官,未免太甚,今日何可再為,不如由他去罷。」彬乃嘿然。武宗只諭令各官,盡心治事,稍遲數日,便當迴鑾云云。各官接到此旨,沒奈何再行恭候。過了一月,仍舊不見動靜,唯行宮裡面,屢有怪異傳聞,或說有物如豬首,下墜御前,或說武宗寢室中,懸著人首,謠言百出,人情洶洶。大學士梁儲語蔣冕道:「春去秋來,再不迴鑾,恐生他變。況且謠諑紛紜,多非佳兆。各官接到此旨,沒奈何再行恭候。過了令各官,盡心治事,我輩身為大臣,怎忍坐視。」蔣冕道:「不如伏闕極諫,得請乃已。」梁儲允諾,即於夜間繕疏,至次日,兩人跪伏行宮外,捧著奏章,帶哭帶號,約歷兩三時,方有中官出來,把奏章取去。又閱一時,由中官傳旨令退,兩人叩首道:「未蒙准奏,不敢退去。」中官又入內代奏,武宗乃宣諭還京,兩人方起身退出,即令扈從人等,籌備還蹕事宜。又越數日,諸事都已備妥,申請啟蹕。武宗還想延挨,忽聞宸濠在獄,有謀變消息,乃起程北歸。

是夕武宗親祭龍江,駐蹕儀徵,次日至瓜州地面,大雨時行,暫就民家避雨。待雨過天霽,乃從瓜州渡江,臨幸金山,遙望長江一帶,氣象萬千,很覺快慰。隔了一日,登舟南渡,幸故大學士楊一清私第,飲酒賦詩,載賡迭和,又流連了兩三日。一清從容

第五十四回　教場校射技擅穿楊　古沼觀漁險遭滅頂

婉諫，請武宗速回京師。武宗才離了楊宅，向揚州出發。到了寶應地界，有一巨浸，名叫泛光湖，武宗見湖光如鏡，遊魚可數，不禁大喜道：「好一個捕魚的地方。」遂傳旨停舟。揚州知府蔣瑤，正來接駕，武宗即命備辦網罟等物。蔣瑤不敢違慢，即日照辦呈交御船。偏偏太監邱得，有意索賄，一味挑剔，甚至召責蔣瑤，把他鎖繫起來。蔣瑤無奈，只好挽人疏通，奉了厚賂，方得銷差脫罪。清官碰著貪豎，還有何幸。武宗命宮人侍從等，拋網湖心，得魚較多的有賞，得魚過少的則罰。大家劃著坐船，分頭下網，方搖盪過來，紛紛獻魚。武宗開艙坐觀，但見三三五五，攬網取魚，不覺心曠神怡，流連忘倦，約歷半日，各舟的魚中，有一魚長可數尺，暴睛巨口，比眾不同，隨即戲說道：「這魚大而且奇，足值五百金。」江彬在側，正恨蔣瑤未奉例規，此例安在？邱得已經妄索，乃下令罷漁。嗣見進獻正是好官難為。即啟奏道：「泛光湖得來巨魚，應賣與地方有司。」武宗准奏，著將巨魚送與蔣瑤，守取價值覆命。弄假成真，無非兒戲。過了一時，蔣瑤親來見駕，叩首已畢，即從懷中取出簪珥等物，雙手捧呈道：「臣奉命守郡，不敢妄動庫銀，蒐括臣家所有，只有臣妻佩帶首飾，還可上應君命，充做銀錢，此外實屬無著，只得束身待罪。」武宗笑道：「朕要此物做什麼，適才所說，亦不過物歸原主，應給賞銀。你既沒有餘

162

資，便作罷論。你所攜來各物，仍賞與你妻去罷！」蔣瑤叩謝。可見武宗並非殘虐，不過逢場作戲，喜怒任情而已，所有不法行為，俱為宵小導壞。武宗又道：「聞此地有一瓊花觀，究竟花狀如何？」蔣瑤頓首道：「從前隋煬帝時，嘗到此賞玩瓊花，至宋室南渡，此花憔悴而死，今已絕種了。」武宗快快道：「既無瓊花，可有另外的土產麼？」蔣瑤道：「揚州雖號繁華，異產卻是有限。」武宗道：「葦蔴白布，不是揚州特產嗎？」蔣瑤不敢多言，只好叩頭道：「臣領命了。」武宗道：「葦蔴白布，不是揚州特產嗎？」蔣瑤不敢多言，只好叩頭道：「臣領命了。」武宗道：「葦蔴白布，瑤即返署，備辦細布五百匹，奉作貢物，比較魚價如何。武宗方下旨開船。

從揚州行抵清江浦，重幸太監張陽家，設宴張燈，徵歌選色，君臣共樂，接連三日。武宗問張陽道：「朕過泛光湖，觀魚自適，頗足快意，清江浦是著名水鄉，諒亦有湖沼大澤，足以取魚。」張陽奏對道：「此間有一積水池，是彙集潤溪各流，水勢甚深，魚族繁衍，或者可以布網呢。」武宗喜道：「你可先去預備網罟，朕擇明日觀漁。」張陽領旨，即去辦就。到第二日，武宗帶著侍從，即往積水池濱，瞧將過去，層山百疊，古木千章，環抱一沼，頗覺幽靜，但欲取魚，不能駕駛大船，別具一種雅緻。武宗語張陽道：「這池占地不多，頗似洞壑清幽，別具一種雅緻。武宗語張陽道：「這池占地不多，只好用著漁舟呢。」張陽道：「多泊在外面蘆葦中。」武宗道：「在哪裡？」張陽道：「多泊在外面蘆葦中。」武宗道：「知道了。」

第五十四回　教場校射技擅穿楊　古沼觀漁險遭滅頂

當下舍陸登舟，行不一里，果見兩岸蒙茸，泊有漁船。武宗瞧了一會，不覺興發，也擬改乘漁船，親自捕魚。張陽道：「聖上不便親狎波濤。」武宗道：「怕什麼？」遂仗著威武，躍登小舟，有太監四名，隨著下船。張陽道：「這魚可愛，何不捕了它去？」二太監領命張網，偏偏這魚兒刁滑得很，不肯投網，網到東，魚過西，網來網去，總不能取。武宗懊恨起來，竟從舟中取出魚叉，親自試投，不防用力太猛，船勢一側，撲咚撲咚數聲，都跌落水中去了。

小子有詩詠道：

千金之子不垂堂，況復宸躬系萬方。
失足幾成千古恨，觀魚禍更甚如棠。

未知武宗性命如何，且至下回續詳。

有文事者必有武備，孔子所謂我戰必克是也。王守仁甫立大功，即遭疑謗，幸能通變達機，方得免咎。至忠、泰校射，獨令試技，夫身為大將，寧必親執弓刀，與人角逐，諸葛公羽扇綸巾，羊叔子輕裘緩帶，後世且盛稱之，何疑於守仁？然此可為知者

164

言,難與俗人道也。迨迭發三矢,無不中鵠,宵小庶無所藉口矣,此文事武備之所以不容偏廢也。武宗任情遊幸,偏愛漁獵,泛光湖觀魚,尚嫌未足,積水池捕魚,且欲親試,豈得魚數尾,便足為威武大將軍耶?未懍馮河之戒,幾占滅頂之凶,假令無王守仁之先平叛逆,而欲借張忠、許泰輩隨駕親征,其不蹈建文之覆轍者鮮矣。然則武宗不覆於鄱陽湖,僅溺於積水池,受驚成疾,返殂豹房,其猶為幸事乎。

第五十四回　教場校射技擅穿楊　古沼觀漁險遭滅頂

第五十五回

返豹房武宗晏駕　祭獸吻江彬遭囚

卻說武宗墜入水中，險些兒被水淹死，幸虧操舟的兩太監，曾在京內太液池中，習慣泅水，雖遭覆溺，毫不畏懼，亟遊近武宗身旁，將武宗手腳握住，推出水面。各舟聞警齊集，才將武宗攙入舟中，還有兩太監入水，用力掙扎，也經旁人救起。唯武宗生平，並未經過游泳，並且日日縱慾，元氣甚虧，寒秋天氣，又是凜冽，所以身雖遇救，已是鼻息細微，人事不省了。威武大將軍，乃不堪一溺麼？那時御舟中曾帶著御醫，趕緊用著方法，極力施救，武宗才把池水吐出，漸漸甦醒，只元氣總難挽回，龍體從此乏力。大學士楊廷和等，請速還京，武宗也覺倦遊，遂傳旨速歸。輕舟蕩漾，日行百里，不數日即抵通州，隨召各大臣集議，處置宸濠。楊廷和等上言，請如宣宗處高煦故例，御殿受俘，然後議刑。獨江彬謂應即誅逆，免滋他患。武宗正恐宸濠為變，北還時，每

第五十五回　返豹房武宗晏駕　祭獸吻江彬遭囚

令濠舟與御舟，銜尾行駛，以防不測。至是用江彬言，遽令宸濠自盡。濠死後乃令燔屍，越三日，始還京師，大耀軍容，首逆已死，耀軍何為？輦道東西，列著許多兵士，盔甲森嚴，戈鋋並耀，各逆黨一併牽至，令他兩旁跪著。尚書陸完，都督錢寧，統因逆案牽連，做了矮人，大家褫去上身衣服，赤條條的反縛兩手，背上懸揭白幟，大書姓名罪狀。還有逆黨眷屬，不問男婦長幼，都是裸體反接，挨次跪著。武宗戎裝跨馬，立正陽門下，閱視良久，才將附逆著名的奸黨，飭令正法，懸首竿上，延長數里，餘犯仍回系獄中，武宗方策馬入內，還憩豹房。後來錢寧伏法，陸完謫戍，只太監蕭敬，獨運動張忠，願出二萬金，買了一個性命。錢可通靈。餘黨多瘐斃獄中，不消細說。

武宗以親征凱旋，復降特旨，令定國公徐光祚，駙馬都尉蔡震，武定侯郭勛，祭告宗廟社稷。越數日，又補行郊祀大典。武宗只好親自主祭，駕至天壇，循例行禮，初次獻爵，由武宗跪拜下去，侍臣連忙扶掖，支撐不住，不覺心悸目暈，半晌方起，草草畢祭，自己乘著安輿，返入大內。當下委著王公，哇的一聲，吐出一口鮮血，自覺腥穢難當，渾身發顫，再也不能成禮了。轉眼間已是殘年，爆竹一聲除舊，桃符萬戶更新，武宗因病體未痊，飭免朝賀。一病數月，月朔適遇日蝕，陰霾四塞，都人士料為不祥，唯江彬等越加驕恣，竟矯傳上旨，改西官廳為威武團營，自稱兵馬提督，所領

168

邊卒，也是狐假虎威，桀驁愈甚。都下洶懼，不知所為。武宗臥病豹房，憒然罔覺，經御醫盡心調治，日進參苓，終不見效。真元耗損，還有何救？司禮監魏彬，密詢御醫，統已搖首，乃走至內閣，語大學士楊廷和道：「皇上不豫，醫力已窮，不如懸賞巨金，求諸草澤。」廷和聞著，知他言中有意，是何意思？請看官一猜。沉吟一會，方啟口道：「御醫久侍聖躬，必多經驗，譬如人生倫序，先親後疏，親近的人，關係痛癢，自然密切，疏遠的人，萬不能及。據我想來，總須親近的人，靠得住呢。」啞謎中已表大旨。魏彬唯唯而去。過了兩日，武宗病癒沉重，自知不起，從昏昏沉沉中，偶然醒來，開眼一瞧，見太監陳敬、蘇進兩人，侍著左右，便與語道：「朕疾至此，已不可救了，可將朕意傳達太后，此後國事，當請太后宣諭閣臣，妥為商議便了。」言至此，氣不相續，喘息良久，復太息道：「從前政事，都由朕一人所誤，與你等無涉，但願你等日後謹慎，毋得妄為！」武宗已知自誤，可見武宗至死，尚是未悟。陳敬、蘇進，齊聲遵旨，俟武宗安睡後，乃去通報張太后。太后尚含淚慰問，誰知他兩眼一翻，雙腳挺直，竟自歸天去了，壽僅三十一歲。筆下俱含刺意。

第五十五回　返豹房武宗晏駕　祭獸吻江彬遭囚

太后亟召楊廷和等至豹房，商議立儲事宜。廷和請屏去左右，方密稟太后道：「江彬不臣，勢將謀變，若聞皇上晏駕，必且迎立外藩，挾主興兵，為禍不淺。請太后先事預防呢！」太后道：「如此奈何？」廷和道：「現只有祕不發喪，先定大計。此處耳目甚近，不如還至大內，好作計較。」太后聞言，也不及悲慟，即刻乘輦還宮。廷和隨入宮中，略行籌議，便即赴閣。太監谷大用及張永，亦入閣探信。廷和道：「皇上大漸，應立皇儲。」張永道：「這是目前最要的事情。」廷和即袖出祖訓，宣示諸人道：「兄終弟及，祖訓昭然。興獻王長子，系憲宗孫，孝宗從子，皇帝從弟，按照次序，當然繼立。」梁儲、蔣冕、毛紀等，齊聲贊成道：「所言甚是，就這般辦罷！」張永、谷大用，亦無異言，乃令中官入啟太后。忽見吏部尚書王瓊，率九卿入左掖門，厲聲道：「立儲豈是小事？我為九卿長，乃不使與聞麼？」廷和等也無暇與辯，瓊亦自覺沒趣，正懊悵間，中官已傳宣遺詔，及太后懿旨，頒詔群臣。遺詔有云：

朕紹承祖宗丕業，十有六年，有幸先帝付託，唯在繼統得人，宗社生民有賴。皇考孝宗敬皇帝親弟獻王長子厚熜，聰明仁孝，德器夙成，倫序當立。遵奉祖訓兄終弟及之文，請於皇太后與內外文武群臣，合謀同辭，即日遣官迎取來京，嗣皇帝位，恭膺大統。

群臣覽此遺詔，方知武宗已經殯天，大家都相驚失色。只因遺詔已下，帝統有歸，即欲辯論，也是無益，樂得含忍過去。廷和等返入內閣。吏部尚書王瓊，也只好一言不發，隨進隨退罷了。還算見機。廷和等返入內閣，一面請命太后，奉迎嗣主，必須由中貴勛戚，往豹房奉移梓宮，入殯大內，一面議遣官迎興世子入都（明朝故例，奉迎嗣主，必須由中貴勛戚，及內閣一人偕行），勛戚派定壽寧侯張鶴齡，及駙馬都尉崔光，中官派定谷大用、張錦，部臣派定禮部尚書毛澄，唯所有閣員，除廷和外，要算梁儲、蔣冕二人，資望最優。廷和方握政權，無暇出使，若遣他出去，轉令廷和勢孤。廷和暗中屬意梁儲，只怕他年老憚行，默默的想了一會，方顧著梁儲道：「奉迎新主，例須派一閣員，公本齒德兼尊，應當此任，但恐年高道遠，未便首途呢。」儲奮然道：「國家最大的政事，莫如迎主，我雖年老，怎敢憚行呢？」廷和大喜，遂遣發各人去訖。

是時國中無主，全仗廷和一人主持。廷和復入白太后，請改革弊政。太后一一照允，遂託稱遺旨，罷威武團練諸營，所有入衛的邊兵，概給重資遣歸，黜放豹房番僧，及教坊司樂人；遣還四方所獻婦女；停不急工役；收宣府行宮金寶，悉歸內庫。還有京城內外皇店，一併撤銷。原來武宗在日，曾令中官開設酒食各肆，稱為皇店，店中借酒食為名，羅列市戲妓歌，及鬥雞逐犬等類，非常熱鬧。武宗時往店中遊冶，至必微服，

第五十五回　返豹房武宗晏駕　祭獸吻江彬遭囚

醉或留髡。中官且借店納賄，官民為之側目（補筆不漏）。至是統令停罷，中外大悅。

獨有一個倔強驚悍，睥睨宮闈的賊臣，聞了此事，甚是不樂，看官不必細問，便可知是提督兵馬的江彬。彬自改組團營，日在外面辦事，無暇入宮，就是武宗晏駕，他也尚未得聞，忽奉飭罷團營，及遣歸邊卒的遺詔，不禁動色道：「皇上已殯天麼？一班混帳大臣，瞞得我好緊哩。」這正所謂曉得遲了。適都督李琮在側，便進言道：「宮廷如此祕密，疑我可知。為總戎計，不如速圖大事，幸而成功，富貴無比，萬一不成，亦可北走塞外。」為江彬計，確是引此策最佳。彬猶豫未決，即邀許泰商議。泰亦頗費躊躇，徐徐答道：「楊廷和等敢罷團營，敢遣邊卒，想必嚴行預備，有恃無恐，提督還應慎重為妙。」有此一言，江彬死了。彬答道：「我不作此想，但未知內閣諸人，究懷何意？」許泰道：「且待我去一探，何如？」彬乃點首。

泰即與彬別，驅馬疾馳，直抵內閣，巧巧遇著楊廷和。廷和毫不慌忙，和顏與語道：「許伯爵來此甚好，我等因大行皇帝，倉猝晏駕，正在頭緒紛繁，欲邀諸公入內，協同辦事，偏是遺詔上面，罷團營，遣邊兵，種種事件，均仗公與江提督，妥為著疊，所以一時不敢奉請呢。」許泰道：「江提督正為此事，令兄弟前來探問，究系軍國重事，

如何裁奪？」廷和道：「奉太后旨，已去迎立興世子了。來往尚需時日，現在國務倥傯，全無把握，請伯爵往報江公，可能一同偕來，商決機宜，尤為歡迎。」罷兵事歸諸遺詔，立儲事歸諸太后，自己脫然無累，免得許泰多疑。許泰欣然允諾，告別而去。著了道兒。廷和料他中計，即招司禮監魏彬，及太監張永、溫祥，共入密室，促膝談心。著事事靠著中官，可見閹人勢力，實是不小。廷和先開口語彬道：「前日非公談及，幾誤大事。現已嗣統有人，可免公慮。但尚有大患未弭，為之奈何？」魏彬道：「說了御醫，便談倫序，可見我公亦事事關心。借魏彬口中，補出前次啞謎，文可簡省，意不滲漏。今日所說的大患，莫非指著水木旁麼？」廷和尚未及答，張永接口道：「何不速誅此獠？」快人快語。廷和道：「逆瑾伏法，計出張公，今又要仰仗大力了。」張永微笑。廷和又將許泰問答一節，詳述一遍，復與張永附耳道：「這般這般，可好麼？」又用虛寫法。永點首稱善，轉告魏彬、溫祥，兩人俱拍手贊成。計議已定，當即別去。魏彬遂入啟太后，稟報密謀，太后自然允議。

過了一日，江彬帶著衛士，跨馬前來，擬入大內哭臨。魏彬先已候著，即語彬道：

「且慢！坤寧宮正屆落成，擬安置屋上獸吻，昨奉太后意旨，簡派大員及工部致祭，我公適來，豈不湊巧麼？」江彬聞著，很是歡喜，便道：「太后見委，敢不遵行。」魏彬入

第五十五回　返豹房武宗晏駕　祭獸吻江彬遭囚

內一轉，即齎奉懿旨出來，令提督江彬及工部尚書李，恭行祭典等語。江彬應命，改著吉服，入宮與祭。祭畢退出，偏遇著太監張永，定要留他宴飲。都是餞他死別的冤鬼。江彬不便固辭，隨了他去。即在張永的辦事室內，入座飛觴。想是餞他死別。才飲數巡，忽報太后又有旨到，著即逮彬下獄。彬擲去酒杯，推案即起，大踏步跑了出去，馳至西安門，門已下鑰，慌忙轉身北行，將近北安門，望見城門未閉，心下稍寬，正擬穿城出去，前面忽阻著門官，大聲道：「有旨留提督，不得擅行。」彬叱道：「今日何從得旨！」一語未了，守城兵已一齊擁上，將他撳翻，緊緊縛住。彬尚任情謾罵，眾兵也不與多較，只把他鬍鬚出氣。彬罵一聲，須被拔落一兩根，彬罵兩聲，須被拔落三五根，待彬已罵畢，須也所剩無幾了。倒是個新法兒。彬被執下獄，許泰亦悒悒到來，剛被縲騎拿住，也牽入獄中。還有太監張忠，及都督李琮等，亦一併縛到，與江彬親親暱暱，同住囹圄，不可勝計。一面飭錦衣衛查抄彬家，統是被他隱匿，私藏家中。刑部按罪定讞，擬置極刑，只因嗣皇未到，暫將此案懸擱，留他多活幾天。既而興世子到京，入正大位，乃將讞案入奏，當即批准，由獄中牽出江彬，如法捆綁，押赴市曹，凌遲處死。李琮為江彬心腹，同樣受刑。錢甯本拘繫詔獄，至是因兩罪並發，一同磔死。又有寫亦虎仙，亦

174

坐此伏誅。唯張忠、許泰，待獄未決，後來竟夤緣貴近，減死充邊，這也是未免失刑呢。了結江彬黨案。

閒話休表，且說楊廷和總攝朝綱，約過一月有餘，每日探聽迎駕消息，嗣接諜報，嗣皇已到郊外了，廷和即令禮官具儀。禮部員外郎楊應魁，參酌儀注，請嗣皇由東安門入，居文華殿，擇日即位，一切如皇太子嗣位故例。當由廷和察閱，大致無訛，遂遣禮官齎送出郊，呈獻嗣皇。興世子看了禮單，心中不悅，顧著長吏袁崇皋說道：「大行皇帝遺詔，令我嗣皇帝位，並不是來做皇子的，所擬典禮未合，應行另議。」禮官返報廷和，廷和稟白太后，由太后特旨，令群臣出郊恭迎，上箋勸進。興世子乃御行殿受箋，由大明門直入文華殿，先遣百官告祭宗廟社稷，次謁大行皇帝幾筵，朝見皇太后。午牌將近，御奉天殿，即皇帝位，群臣舞蹈如儀。當下頒布詔書，稱奉皇兄遺命，入奉宗祧，以明年為嘉靖元年，大赦天下，是謂世宗。越三日，遣使奉迎母妃蔣氏於安陸州，又越三日，命禮臣集議崇祀興獻王典禮，於是群喙爭鳴，異議紛起，又惹起一場口舌來了。正是：

多言適啟紛爭漸，貢媚又來佞幸臣。

第五十五回　返豹房武宗晏駕　祭獸吻江彬遭囚

欲知爭論的原因，且從下回詳敘。

武宗在位十六年，所行政事，非皆暴虐無道，誤在自用自專，以致媚子諧臣，乘隙而入，借巡閱以便遊幸，好酒色以致荒亡，至於元氣屢弱，不克永年，豹房大漸之時，尚謂誤出聯躬，與群小無涉，何始終不悟至此？或者因中涓失恃，恐廷臣議其前罪，矯傳此命，亦未可知，然臥病數月，自知不起，尚未稟白母后，議立皇儲，置國家大事於不問，而謂其自悟禍源，吾不信也。若夫江彬所為，亦不得與董卓、祿山相比，不過上仗主寵，下剝民財，逞權威，斥忠直，暴戾恣睢已耳。迨罷團營而營兵固安然，而邊卒又安然，未聞嘩噪都中，謀為陳橋故事，然則彬固一庸碌材也。楊廷和總攬朝綱，猶必謀諸內侍，方得誅彬，內侍之勢力如此，奚怪有明一代，與內侍同存亡乎？觀於此而不禁三嘆云。

176

第五十六回　議典禮廷臣聚訟　建齋醮方士盈壇

卻說世宗即位，才過六日，便詔議崇祀興獻王，及應上尊號。興獻王名厚杬，系憲宗次子，孝宗時就封湖北安陸州。正德二年秋，世宗生興邸，相傳為黃河清，慶雲現，瑞應休徵，不一而足。恐是史臣鋪張語，不然，世宗並無令德，何得有此瑞徵？至正德十四年，興獻王薨，世宗時為世子，攝理國事，三年服闋，受命襲封。至朝使到了安陸，迎立為君，世子出城迎詔，入承運殿開讀畢，乃至興獻王園寢辭行，並就生母蔣妃前拜別。蔣妃嗚咽道：「我兒此行，入承大統，凡事須當謹慎，切勿妄言！」世子唯唯受教。臨行時，命從官駱安等馳諭疆吏，所有經過地方，概絕饋獻，行殿供帳，亦不得過奢。至入都即位，除照例大赦外，並將正德間冒功鬻爵，監織權稅諸弊政，盡行革除。所斥錦衣內監旗校工役等，不下十萬人。京都內外，統稱新主神聖，並頌楊廷和定

第五十六回　議典禮廷臣聚訟　建齋醮方士盈壇

策迎立的大功。世宗遣使迎母妃，並起用故大學士費宏，授職少保，入輔朝政，朝右並無異議。只尊祀興獻王一節，頗費裁酌。禮部尚書毛澄，向楊廷和道：「足下不聞漢定陶王、宋濮王故事麼？現成證據，何妨援引。」毛澄諾諾連聲，立刻趨出，即大會公卿台諫諸官，共六十餘人，聯名上議道：

竊聞漢成帝立定陶王為嗣，而以楚王孫景後定陶，承其王祀，師丹稱為得禮。今上入繼大統，宜以益王子崇仁（益王名祐檳，憲宗第六子）主後興國，稱姪署名，而令崇仁考興宗故事，以孝宗為考，興獻王及妃為皇叔父母，祭告上箋，稱姪署名，而令崇仁考興獻，叔益王，則正統私親，恩禮兼盡，可為萬世法矣。

議上，世宗瞧著，勃然變色道：「父母名稱，可這般互易麼？」言已，即令原議卻下，著令再議。時梁儲已告老歸里，唯蔣冕、毛紀，就職如故，與大學士楊廷和堅持前議。重複上疏，大旨：「以前代君主，入繼宗祧，追崇所生，諸多未合。唯宋儒程頤議尊濮王典禮，以為人後者謂之子，所有本生父母，應與伯叔並視，此言最為正當。且興獻祀事，今雖以益王子崇仁為主，他日仍以皇次子為興國後，改令崇仁為親藩。庶幾天理人情，兩不相悖了。」世宗覽到此疏，仍是不懌，再命群臣博考典禮，務求至當。

178

楊廷和等復上封章，謂：「三代以前，聖莫如舜，未聞追崇瞽瞍。三代以下，賢莫如漢光武，未聞追崇所生南頓君。唯陛下取法聖賢，無累大德。」這疏竟留中不報。毛澄等六七十人，又奏稱：「大行皇帝，以神器授陛下，本與世及無殊。不過昭穆相當，未得稱世。若孝廟以上，高曾祖一致從固，豈容異議？興獻王雖有罔極深恩，不能因私廢公，務請陛下顧全大義！」世宗仍然不納。唯追上大行皇帝廟號，稱作武宗，把崇祀濮王典禮，暫且擱起。適進士張璁，入京觀政，欲迎合上旨，獨自上疏道：

朝議謂皇上入嗣大宗，宜稱孝宗皇帝為皇考，改稱興獻王為皇叔父，王妃為皇叔母者，不過拘執漢定陶王、宋濮王故事耳。夫漢哀宋英，皆預立為皇嗣，而養之於宮中，是明為人後者也。故師丹、司馬光之論，施於彼一時猶可。

今武宗皇帝，已嗣孝宗十有六年，比於崩殂，而廷臣遵祖訓，奉遺詔，迎取皇上入繼大統，遺詔曰興獻王長子，倫序當立，初未嘗明著為孝宗後，比之預立為皇嗣，養之宮中者，較然不同。夫興獻王往矣，稱之為皇叔父，鬼神固不能無疑也。今聖母之迎也，稱皇叔母，則當以君臣禮見，恐子無自絕父母之義。故皇上為繼統武宗而得尊崇其親則可，謂嗣孝宗以自絕其親則不可。或以大統不可絕為說者，則將繼孝宗乎？繼武宗乎？

第五十六回　議典禮廷臣聚訟　建齋醮方士盈壇

夫統與嗣不同，非必父死子立也。漢文帝承惠帝之後，則弟繼，宣帝承昭帝之後，則以兄孫繼，若必強奪此父子之親，建彼父子之號，然後謂之繼統，則古當有稱高伯祖皇伯考者，皆不得謂之統矣。臣竊謂今日之禮，宜別為興獻王立廟京師。使得隆尊親之孝，且使母以子貴，尊與父同，則興獻王不失其為父，聖母不失其為母矣。

世宗覽到此疏，不禁心喜道：「此論一出，我父子得恩義兩全了。」即命司禮監攜著原疏，示諭閣臣道：「此議實遵祖訓，拘古禮，爾等休得誤朕！」楊廷和將原疏一瞧，便道：「新進書生，曉得什麼大體！」言已，即將原疏封還。司禮監仍然持入，還報世宗。世宗即御文華殿，召楊廷和、蔣冕、毛紀入諭道：「至親莫若父母，卿等所言，雖有見地，但朕把罔極深恩，祖母為康壽皇太后，卿等應曲體朕意，毋使朕為不孝罪人呢！」區區尊母為興獻皇后，不便當面爭執，只好默默而退。待退朝後，復由三閣臣會議，再擬定一篇奏疏，呈入上覽，略云：

皇上聖孝，出於天性，臣等雖愚，夫豈不知。禮謂所後者為父母，而以其所生者為伯叔父母，蓋不唯降其服而又異其名也。臣等不敢阿諛將順，謹再直言瀆陳！

180

疏入不報。給事中朱鳴陽、史于光,及御史王溱、盧瓊等,又交章劾璁,其詞云:臣等聞興獻王尊號,未蒙聖裁,大小之臣,皆疑陛下垂省張璁之說耳。陛下以興獻王長子,不得已入承大統,雖拘長子不得為人後之說,璁乃謂統嗣不同,豈得謂會通之宜乎?又欲別廟興獻王於京師,此大不可。昔魯桓僖宮災,孔子在陳聞火,曰其桓僖乎?以非正也。如廟興獻王於京師,在今日則有朱熹兩廟爭較之嫌,在他日則有魯僖蹟閟之失,乞將張璁斥罰,以杜邪言,以維禮教,則不勝幸甚!

各疏次第奏入,世宗一味固執,始終不從。嗣興獻王妃蔣氏,已到通州,聞朝議欲考孝宗,不禁憤恚道:「是我親生的兒子,奈何謂他人父?謂他人母?」婦人尤覺器小。並諭朝使道:「爾等受職為官,父母等猶承寵誥,我子為帝,興獻王的尊稱,至今未定,我還到京去做什麼?」說至此,竟嗚嗚咽咽的哭將起來。描摹盡致。朝使等奉命恭迎,瞧著這般形狀,反致不安,只好入報世宗。世宗聞報,涕泣不止,入稟張太后,情願避位歸藩,奉母終養。也會做作。張太后一面慰留,一面飭閣臣妥議,楊廷和無可奈何,始代為草敕,略言:「朕奉聖母慈壽皇太后懿旨(慈壽皇太后即張太后,武宗五年,以真平定,上太后尊號曰慈壽),以朕續承大統,本生父興獻王宜稱興獻帝,母宜

第五十六回　議典禮廷臣聚訟　建齋醮方士盈壇

稱興獻後。憲廟貴妃邵氏稱皇太后，（即興獻王母。）仰承慈命，不敢固違」云云。在廷和的意思，以為這次禮議，未合古訓，只因上意難違，不得已借母后為詞，搪塞過去，顯見得閣臣禮部，都是守正不阿，免得後人訾議了。誰知張璁得步進步，又上《大禮或問》一書，且謂：「議禮立制，權出天子，應奮獨斷，揭父子大倫，明告中外。」於是世宗又復心動。適值禮官上迎母禮儀，謂宜從東安門入，世宗不待瞧畢，即將原議擲還。禮官再行具議，改從大明東門，世宗意仍未懌，竟奮筆批示道：「聖母至京！應從中門入，謁見太廟。」總算乾綱奮斷。這批示頒將下來，朝議又是譁然。朝臣也徒知聚訟大眾都說：「婦人無入廟禮。太廟尊嚴，更非婦人所宜入。」那時張璁又來辯論道：「天子雖尊，豈可無母？難道可從偏門出入麼？古禮婦人三日廟見，何嘗無謁廟禮。九廟祭祀，后亦與祭，怎得謂太廟不宜入呢？」張璁之議，雖是拘泥，然廷議更屬不通，無怪為張璁所扼。世宗又飭錦衣衛安排儀仗，出迎聖母。禮部上言，請用王妃儀仗，世宗不聽，乃備齊全副鑾駕，迎母自中門入都，謁見太廟。楊廷和以璁多異議，心甚怏怏，遂授意吏部，出除南京主事。璁雖南去，世宗已先入璁言，復頒下手詔，擬於興獻帝後，加一皇字。楊廷和等復上疏諫阻，世宗概置不理。巧值嘉靖元年正月，清寧宮後殿被火，廷和等趁這機會，奏稱：「宮殿被災，恐因興獻帝后加稱，未安列聖神靈，特此示

儆」云云。給事中鄧繼曾，亦上言：「天有五行，火實主禮，人有五事，火實主言。名不正即言不順，言不順即禮不興，所以有此火災。」恐怕未必。世宗頗為感懼，乃勉徇眾請，稱孝宗為皇考。慈壽皇太后，興獻帝后為本生父母，暫將皇字擱起。稱孝宗帝后為繼父母，稱興獻帝后為本生父母，兩言可決，於義最協，聚訟何為乎？

過了兩月，因世宗冊后陳氏，特上兩宮尊號，稱慈壽皇太后為昭聖慈壽皇太后，武宗皇后為莊肅皇后，皇太后邵氏為壽安皇太后，興獻后為興國太后，萱蔭同春，夭桃啟化，好算是兩宮合德，一室太和。老天無意做人美，偏偏壽安皇太后邵氏，生起病來，醫藥無效，竟爾崩逝。這位邵太后本憲宗貴妃，為興獻王母，興王就藩，母妃例不得行，仍住宮中。及世宗入繼大統，邵年已老，雙目失明，喜孫為帝，摸世宗身，自頂至踵，歡笑不絕。至是得病歸天，世宗仍欲祔葬茂陵（即憲宗墓），屢下廷議。禮官不敢固爭。楊廷和等上疏，只託言：「祖陵久窆，不應屢興工作，驚動神靈。」世宗不納，決意祔葬，只別祀奉慈殿罷了。禮部尚書毛澄，以議禮未協，憂悒成疾，抗疏乞休，至五六次，未邀允准。既而疾甚，又復申請，乃准奏令歸。澄匆匆就道，舟至興濟，竟致謝世。先是澄在部時，申議大禮，世宗嘗遣中官諭意，澄奮然道：「老臣雖是昏耄，要不能隳棄古禮，只有歸去一法，概不與聞便了。」以道事君，不合則

第五十六回　議典禮廷臣聚訟　建齋醮方士盈壇

去，毛澄有焉。唯世宗頗器重毛澄，雖再三忤旨，恩禮不衰。及聞澄病歿道中，猶加惋悼，贈為少傅，諡曰文簡，這且休表。

且說世宗改元以後，除廷議大禮，紛紛爭論外，甘肅、河南、山東數省，亦迭有亂警。甘肅巡撫許銘，與總兵官李隆不睦，隆唆部兵毆殺許銘，居然作亂。世宗起用陳九疇為僉都御史，巡撫甘肅，按驗銘事，誅隆及叛黨數人，才得平靖。河南、山東的亂事，系由青州礦盜王堂等，流劫東昌、兗州、濟南，殺指揮楊浩。有旨限山東將吏，即日蕩平，將吏等恐遭嚴譴，分道逐賊，賊不便屯聚，流入河南。嗣經提督軍務右都御史俞諫，調集兩畿、山東、河南各軍，悉力圍剿，方把流賊一律掃除。（錄此兩事，以昭事實，否則嘉靖初年，豈竟除議禮外，無他事耶？）

嘉靖二年夏季，西北大旱，秋季南畿大水，世宗未免憂懼。太監崔文，奏稱修醮可以禳禍，乃召見方士邵元節等，在宮中設立醮壇，日夕不絕。香花燈燭，時時降召真仙，鑼鈸幢幡，處處宣揚法號。又揀年輕內監二十人，改服道裝，學誦經懺等事，所有乾清宮、坤寧宮、西天廠、西番廠、漢經廠、五花宮、西暖閣、東次閣等，次第建醮，幾將九天閶闔，變作修真道院。大學士楊廷和代表閣臣，吏部尚書喬宇代表部臣，俱請

184

斥遠僧道，停罷齋醮。給事中劉最，又劾崔文引進左道，虛糜國帑諸罪狀，乞置重典。世宗非但不從，且謫最為廣德州判官，作為懲一儆百的令典。楊廷和、喬宇等，只好睜著雙眼，由他醮祀。最被謫出京，崔文猶憾最不已，嗾使私人芮景賢，誣奏一本，內稱劉最在途，仍用給事中舊銜，擅乘巨舫，苛待伕役。頓時激動帝怒，立將最逮還京師，拘繫獄中，已而革職充戍。世宗之剛愎自用，於此益見。給事中鄭一鵬，目擊時弊，心存救國，因抗疏力諫道：

臣巡光祿，見正德十六年以來，宮中自常膳外，鮮有所取。邇者禱祀繁興，制用漸廣，乾清、坤寧諸宮，各建齋醮，西天、西番、漢經諸廠，至於五花宮、西暖閣、東次閣，亦各有之。或日夜不絕，或間日一舉，或一日再舉，經筵俱虛設而無所用矣。傷太平之業，失天下之望，莫此為甚。臣謂挾此術者，必皆魏彬、張銳之餘黨，囊以欺先帝，使生民塗炭，海內虛耗，先帝已誤，陛下豈容再誤？陛下急誅之遠之可也。伏願改西天廠為寶訓廠，以貯祖宗御製諸書，西番廠為古訓廠，以貯五經子史諸書，漢經廠為聽納廠，以貯諸臣奏疏，選內臣謹畏者，司其筦鑰。陛下經筵之暇，遊息其中，則壽何至不若唐虞乎？治何至不若堯舜？千慮不無一得，敢乞陛下立停齋祀，放歸方士，如有災禍，由臣身當之。謹此具奏！

第五十六回　議典禮廷臣聚訟　建齋醮方士盈壇

世宗覽奏，方批答道：「天時饑饉，齋祀暫且停止。」未幾又頒內旨，令中官提督蘇杭織造。楊廷和以監織已罷，仍命舉行，實為弊政，直言諫阻，世宗大為不悅。自世宗入都即位，廷和以世宗英敏，雖值沖年，頗足有為，自信可輔導太平，所以軍國重事，不憚諫諍。及大禮議起，先後封還御批凡四次，執奏幾三十疏，世宗雖示優容，意中已是嗛恨，內侍遂從中挑釁，只說他跋扈專恣，無人臣禮，蟊賊未除，終為國害。說得世宗不能不信。至諫阻織造一事，大忤上意。廷和乃累疏乞休，興獻帝為皇考，興國太后為聖母，並錄侍郎席書，員外郎方獻夫二疏以聞。為此一奏，復惹起一番爭執，幾乎興起大獄來了。小子有詩詠道：

甘將唇舌作干戈，可奈無關社稷何。
一字爭持成互鬥，誰知元氣已銷磨？

畢竟桂萼所奏，有何理由，且看下回詳敘。

明自太祖得國，至於武宗，蓋已更十主矣。除景帝祁鈺，因變即位外，皆屬父子相傳，無兄終弟及者。唯武宗崩後，獨無子嗣，當時豈無武宗猶子，足承統緒，而必迎立

世宗，惹起大禮之議，此實楊廷和等之第一誤事也。世宗既已入嗣，於孝宗固有為後之義，然以毛里至親，改稱叔父叔母，於情亦有未安。誠使集議之初，即早定本生名號，加以徽稱，使世宗得少申敬禮，則張璁等亦無由乘間進言；乃必強詞爭執，激成反對，此尤楊廷和等之第二誤事也。不寧唯是，廷和等身為大臣，既因議禮齟齬，隱忤帝意，則此後宵小進讒，政令未合，亦無自繩愆糾謬，格正君心。蓋君臣之際，已啟嫌疑，雖有正論，亦難邀信。如齋醮一事，明為無益有損之舉，而世宗惑於近言，以致遂非拒諫，其情弊已可見矣。故世宗之剛愎自用，不無可議，而吾謂激成世宗之剛愎者，楊廷和等實主之焉。

第五十六回　議典禮廷臣聚訟　建齋醮方士盈壇

第五十七回　伏朝門觸怒世宗　討田州誘誅岑猛

卻說南京主事桂萼，與張璁同官，璁至南京，與萼相見，談及禮議，很是不平。萼極力贊成璁說，且主張申奏。適聞侍郎席書，及員外郎方獻夫，奏稱以孝宗為皇伯，興獻帝為皇考，俱由閣臣中沮，不得上達。萼乃代錄兩疏，並申明己意，運動京官，代為呈入。當由世宗親閱，其詞云：

臣聞古者帝王事父故事天明，事母孝故事地察，未聞廢父子之倫，而能事天地主百神者也。今禮官以皇上與為人後，而強附末世故事，滅武宗之統，奪興獻之宗，夫孝宗有武宗為子矣，可復為立後乎？武宗以神器授皇上矣，可不繼其統乎？今舉朝之臣，未聞有所規納者何也？蓋自張璁建議，論者指為干進，故達禮之士，不敢遽言其非。竊念皇上在興國太后之側，慨興獻帝弗祀三年矣，而臣子乃肆然自以為是，可乎？臣願皇

第五十七回　伏朝門觸怒世宗　討田州誘誅岑猛

上速發明詔，循名考實，稱孝宗曰皇伯考，興獻帝曰皇考，而別立廟於大內，興國太后曰聖母，武宗曰皇兄，則天下之為父子君臣者定。至於朝議之謬，有不足辯者，彼所執不過宋濮王議耳。臣按宋臣范純仁告英宗曰：「陛下昨受仁宗詔，親許為仁宗子，至於封爵，悉用皇子故事，與入繼之主不同。」則宋臣之論，亦自有別。今皇上奉祖訓，入繼大統，果曾親承孝宗詔而為之乎？則皇上非為人後，而為入繼之主明矣。然則考興獻帝，母興國太后，可以質鬼神俟百世者也。臣久欲上請，乃復得見席書、方獻夫二臣之疏，以為皇上必為之惕然更改，有無待於臣之言者。乃至今未奉宸斷，豈皇上偶未詳覽耶？抑二臣將上而中止耶？臣故不敢愛死，再申其說，並錄二臣原疏以聞。

世宗讀一句，點一回首，讀數句，把首連點數次，直至讀畢，方嘆賞道：「此疏關係甚大，天理綱常，要仗他維持了。」遂下廷臣集議。尚書汪俊，正承乏禮部，會集文武眾臣二百餘人，並排尊議，世宗不聽。給事中張翀等三十二人，又復抗章力論，以為當從眾議。世宗斥他朋言亂政，詔令奪俸。修撰唐皋，上言宜考所後，又隆所生以備尊稱。後經內旨批駁，說他模稜兩可，亦奪俸半年。汪俊等見帝意難回，乃請於興獻帝後，各加皇字，以全徽稱。世宗尚未愜意，召桂萼、張璁，還京與議，並因席書督賑江淮，亦並召還。楊廷和見朝政日非，決意求去，世宗竟

190

准他歸休。言官交章請留，俱不見答。嗣遇興國太后誕辰，敕命歸朝賀，宴賞有加。至慈壽太后千秋節，獨先期飭令免賀，修撰舒芬、御史朱浙、馬明衡、陳逅、季本，員外郎林唯聰等，先後奏請，皆遭譴責。原來興國太后入京時，慈壽太后，猶以藩妃禮相待，興國太后甚為失望。及世宗朝見，太后情亦冷淡，因此世宗母子，力遏眾議，必欲推重本生，把興獻帝后的尊稱，駕出孝宗帝后的上面，才出胸中宿忿。補敘此段，可見世宗母子，全出私情。都御史吳廷舉，恐璁等入都，仍執前說，乃請飭諸生及者德大臣並南京大臣，各陳所見，以備採擇。璁、萼復依次上疏，申明嗣不同的理由。璁且謂今議加稱，不在皇與不皇，實在考與不考，世宗很是嘉納。即召大學士蔣冕、毛紀、費宏等，諭加尊號，並議建室奉先殿，祀興獻帝神主。冕啟奏道：「臣願陛下為堯舜，不願陛下為漢哀。」冕等無詞可答，只好唯唯而退。世宗變色道：「堯舜之道，孝悌而已，這兩語非先賢所常稱麼？」又是隔靴搔癢之談。世宗遂敕諭禮部，追尊興獻帝為本生皇考恭穆獻皇帝，上興國太后尊號為本生聖母章聖皇太后。又謂：「朕本生父母，已有尊稱，當就奉先殿側，別立一室，奉安皇考神主，聊盡孝思」云云。禮部尚書汪俊又上議道：

第五十七回　伏朝門觸怒世宗　討田州誘誅岑猛

皇上入奉大宗，不得祭小宗。為本生父立廟大內，從古所無。唯漢哀帝嘗為共王立廟京師，師丹以為不可。臣意請於安陸廟增飾，為獻皇帝百世不遷之廟，俟後襲封興王子孫，世世奉享。陛下歲時遣官祭祀，亦足以伸至情矣。寧必建室為乎？乞即收回成命，勿越禮訓！

世宗一概不納，只促令鳩工建室，限日告成，俊遂乞休，奉旨切責，准令免官，遺缺命席書繼任。書未到京，由侍郎吳一鵬權署部事。既而一鵬受命，與中官賴義等，迎主安陸。一鵬上疏奏阻，並不見納，只好束裝就道，迎入京。時已建室工竣，即就室安主，名為觀德殿。大學士蔣冕，以追尊建室，俱由世宗親自裁決，未經內閣審定，不由的憤憤道：「古人謂有官守，有言責，不得其職，便可去位？我備員內閣，不能匡救國事，溺職已甚，還要在此何用？」因連疏求罷。世宗以詹事石珤，素與廷和未協，擬引他入閣，贊成大禮，乃聽冕致仕，即命珤為吏部尚書，兼文淵閣大學士，入預機務。珤入閣後，偏不肯專意阿容，一切政論，多從大體。適戶部侍郎胡瓚，上言大禮已定，席書督賑江淮，實關民命，不必徵取來京。珤亦以為言，並請停召璁、萼二人。世宗不得已准奏，飭璁、萼仍回原任。時璁、萼已奉召啟程，途中聞回任消息，意大沮喪，乃復合疏上呈，極論兩考為非是。且云：「本生二字，對所後而言，若非將二字除去，則

雖稱皇考，仍與皇叔無異。禮官有意欺君，臣等願來京面質」等語。世宗得疏後，心又感動，復令二人入都。璁、萼遂兼程至京，既入都門，聞京官與他反對，勢甚洶洶，欲仿先朝馬順故事，激烈對待（馬順事見三十五回）。璁、萼懼不敢出，悄地裡溜出東華門，避入武定侯郭勳家（勳為郭英五世孫）。勳與璁晤談，意見頗合，允為內助。偏偏給事中張㵆等，連章劾璁、萼及席書、方獻夫等，乞即正罪。有旨報聞。㵆取群臣彈章，匯送刑部，令預擬璁等罪名。尚書趙鑑，私語㵆道：「若得諭旨，便當撲殺若輩。」㵆大喜而退。學士豐熙，修撰舒芬、楊慎（廷和子）、張衍慶，編修王思等，奏請辭職，世宗不許。有詔奪俸。給事中李學曾等、御史吉棠等，上疏申救，俱遭譴謫，甚至下獄。還有南京尚書楊旦、顏頤壽、沈冬魁、李克嗣、崔文奎，及侍郎陳鳳梧，都御史鄒文盛、伍文盛等，復以為言，又被內旨斥責。員外薛蕙，著《為人後解》，力駁璁、萼奏議，也被世宗察知，逮繫獄中。當下惱動了尚書喬宇，竟抗疏乞休，略言：「內降恩澤，先朝輒施諸佞倖小人，士大夫一經參預，即為清議所不容。況且翰苑清華，學士名貴，乃令萼、璁等

第五十七回　伏朝門觸怒世宗　討田州誘誅岑猛

居此，小人道長，君子道消，何人願與同列？臣已老朽，自愧無能，願賜罷黜，得全骸骨」云云。世宗責他老悖，聽他歸田。於是萼、璁兩人，以臆說得售，益發興高采烈，條陳十三事，差不多有數千言。小子述不勝述，但將十三條的大綱，列表如下：

（一）三代以前，無立后禮。（二）祖訓亦無立后明文。（三）孔子射於瞿圃，斥為伯叔父。（七）漢宣帝、光武，俱為其父立皇考廟。（八）朱熹嘗論定陶事為壞禮。（九）古者遷國載主。（十）祖訓皇后治內，外事無得干預。（十一）皇上失行壽安皇太后三年喪。（十二）新頒詔令，決宜重改。（十三）台官連名上疏，勢有所迫，非出本心。

這十三條綱目，奏將上去，世宗非常稱賞，立遣司禮監傳諭內閣，除去冊文中本生字樣。大學士毛紀，力持不可。世宗御平台，召毛紀等面責道：「此禮決應當速改，爾輩無君，欲使朕亦無父麼？」毛紀等免冠趨退。世宗遂召百官至左順門，頒示手敕，更定章聖皇太后尊號，除去本生字樣，正名聖母。疏凡十三上，限四日恭上冊寶。百官不服，會同九卿詹事翰林給事六部大理行人諸司，上章力爭。尚書金獻民、少卿徐文華倡言道：「諸疏留中，必改稱孝宗為皇伯考了，此事不可不爭。」吏部右侍郎

194

何孟春道：「憲宗朝，議慈懿太后徽號，及合葬典禮，虧得先臣伏闕力爭，才得邀准，今日又遇此舉了。」（回應三十九回。）楊慎道：「國家養士百餘年，仗節死義，正在今日。」言之太過。編修王元正、給事中張㒶亦齊聲道：「萬世瞻仰，在此一舉，今日如不願力爭，應共擊勿貸。」當下大集群僚，共得九卿二十三人，翰林二十二人，給事二十人，御史三十人，諸司郎官及吏部十二人，戶部三十六人，禮部十二人，兵部二十人，刑部二十七人，工部十五人，大理寺屬十二人，都跪伏左順門，大呼高皇帝孝宗皇帝不置。世宗居文華殿，聞聲才悉，即遣司禮監諭令退去，群臣跪伏如故。尚書金獻民道：「宰輔尤宜力爭，如何不至？」即遣禮部侍郎朱希周，傳報內閣。大學士毛紀、石珤，亦赴左順門跪伏。自辰至午，屢由中官諭退，終不肯去。世宗大怒，命錦衣衛收系首事，得豐熙、張翀、餘翶、餘寬、黃待顯、陶滋、相世芳、毋德純八人，一律下獄。楊慎、王元正乃撼門大哭，一時群臣齊號，聲震闕廷。幾同病狂。世宗愈怒，索性一不做，二不休，命盡錄諸臣姓名，拘住馬理等一百三十四人，唯大學士毛紀、石珤、尚書金獻民，侍郎何孟春等，勒令退歸待罪。越數日，謫戍首事八人，四品以上奪俸，五品以下予杖，編修王相等十六人，因杖受傷，先後畢命。死得不值。大學士毛紀，請宥伏闕諸臣罪，被世宗痛責一番，說他要結朋奸，背君報私，紀遂致仕而去。世宗遂

第五十七回　伏朝門觸怒世宗　討田州誘誅岑猛

敕文道：

大學士楊廷和，謬主濮議，不能執經據禮，蔣冕、毛紀，轉相附和，喬宇為六卿之首，乃與九卿等官，尚書毛澄，交章妄執，汪俊繼為禮部，仍從邪議，吏部郎中夏良勝，脅持庶官，何孟春以侍郎掌吏部，煽惑朝臣，伏闕喧呼，朕不為已甚，姑從輕處。楊廷和為罪之魁，以定策國老自居，門生天子視朕，法當戮市，特寬宥削籍為民。蔣冕、毛紀、喬宇、汪俊，俱已致仕，各奪職閒住。何孟春情犯特重，夏良勝釀禍獨深，俱發原籍為民。其餘南京翰林科道部屬大小臣衙門各官，附名入奏，或被人代署，而已不與聞者，俱從寬不究。其先已正法典，或編成為民者不問。爾

更定大禮，稱孝宗為皇伯考，昭聖皇太后為皇伯母，獻皇帝為皇考，章聖皇太后為聖母。嗣是修獻皇帝實錄，立獻皇帝廟於京師，號為世廟，並命席書至京，編成《大禮集議》，頒示中外。到了嘉靖五年，章聖皇太后謁見太廟及世廟，大學士費宏、石珤、賈等力諫不從，費宏入閣後，未嘗出言規諫。至是才聞力諫，想是飯盌已滿了。反被璁、萼等暗中進讒，害得他不能不去。自是輔臣喪氣，引為大戒，終世宗朝，內閣大臣，大半委蛇朝右，無復強諫了。明朝氣運，亦將衰亡了。再越二年，即嘉靖七年。《大禮集議》成，由世宗親制序文，改名為《明倫大典》，刊布天下，且追論前議禮諸臣罪狀，明降

196

禮部揭示承天門下，俾在外者咸自警省。

議罪以後，應即議功。以張璁為吏部尚書，兼文淵閣大學士。桂萼為禮部尚書，兼武英殿大學士。兩人私自稱慶，喜出望外，且不必說。

唯當變禮築廟的時候，田州指揮岑猛作亂，免不得勞動王師，出定亂事。田州為廣西土司，諸族聚處，岑氏最大，自稱為漢岑彭後裔。明初，元安撫總管岑伯顏以田州歸附，太祖嘉他效順，特設田州府，令伯顏知府事。四傳至猛，與思恩知府岑濬構釁。濬亦猛族，互爭雄長。濬攻陷田州，猛遁走得免。都御史總督廣西軍務潘蕃，發兵誅濬，把思恩、田州兩府，統改設流官，降猛千戶，東徙福建。正德初年，猛賂劉瑾，得復為田州府同知，兼領府事，招撫遺眾，覬復祖職。嗣從征江西流賊，所至侵掠，唯以流賊得平，敘功行賞，進授指揮同知。猛尚未滿意，遂懷怨望。先是猛嘗納賄有司，自督府以下，俱為延譽。至受職指揮，未得復還原官，他想從前賄賂，多系虛擲，不如仗著兵力，獨霸一方，免得趨奉官府，耗費金銀。自是督府使至，驕倨相待，使人索賄，分毫不與，甚且侵奪鄰境，屢為邊患。巡撫都御史盛應期，奏猛逆狀。請兵討猛，尚未得報。應期以他事去官，都御史姚鏌繼任，甫至廣西，即再疏請剿。得旨允准，乃檄都指

第五十七回　伏朝門觸怒世宗　討田州誘誅岑猛

揮沈希儀、張經、李璋、張佑、程鑑等，率兵八萬，分五道進兵。別令參議胡堯元為監軍，總督軍務。猛聞大軍入境，情殊惶急，不敢交戰，竟出奔歸順州。歸順州知州岑璋，系猛婦翁，猛不喜璋女，與璋有嫌，想是同姓為婚之故。至此急不暇擇，乃率眾往投。姚鎮聞猛奔歸順，懸賞通緝，又恐璋為猛婦翁，不免助猛，因召沈希儀問計。希儀道：「猛與璋雖系翁婿，情不相洽，未將自有計除猛，約過數旬，必可報命。」胸有成竹，不待多言。姚鎮甚喜，即令他自去妥辦。希儀至營，與千戶趙臣商議。臣與璋本來熟識，聞希儀言，願往說璋，令誘猛自效。希儀即遣赴歸順，兩下相見，寒暄甫畢，璋即設宴款臣，聞希儀言，臣佯為不悅。璋再三詰問，臣終不言。璋心益疑，挽臣入內，長跪問故。臣潸然泣下，這副急淚，從何處得來？璋亦流淚道：「要死就死，何妨實告。」中計了。臣又囑嚅道：「我為故人情誼，所以迂道至此，但今日若實告下，足下得生，我反死了。」璋大驚道：「君果救我，我絕不令君獨死。」言畢，指天為誓。臣乃語璋道：「鄰境鎮安，非與君為世仇麼？今督府懸賞緝猛，聞猛匿君處，特令我往檄鎮安，出兵襲君。我不言，君死；我一出口，君必為自免計，我死。奈何奈何？」璋頓首謝道：「請君放心。猛娶吾女，視同仇讎，我正欲殺他，恐他兵眾，所以遲遲。若得天兵相助，即日可誅猛了。猛子邦彥，現守隘口，我先遣千人為內應，君可馳報大營，發兵往攻，內

外夾擊，邦彥授首，殺猛自容易呢。」臣大喜而返，報知希儀，即夕往攻邦彥。果然內應外合，把邦彥的頭顱，唾手取來。猛聞邦彥被殺，驚惶的了不得。璋反好言勸慰，處猛別館，日設供張，環侍美女，令他解悶圖歡。猛憂喜交集，日與美女為樂，比故婦何如？問及大兵，詭稱已退。至胡堯元等到了歸順，檄索猛首，璋乃持檄示猛道：「天兵已到，我不能庇護，請自為計。」一面遞與鴆酒，猛接酒大罵道：「墮你狡計，還有何說？」遂將鴆酒一口飲下，霎時毒發，七竅流血而死。璋斬下猛首，並解猛佩印，遣使馳報軍前，諸將乃奏凱班師。猛有三子，邦彥敗死，邦佐、邦相出亡，所有猛黨陸綬、馮爵等俱被擒，唯盧蘇、王受遁去。隔了一年，盧蘇、王受，又糾眾為亂，陷入田州城，正是：

　　艾夷未盡枝猶在，烽燧才消亂又生。

　　畢竟亂事能否再平，且至下回續表。

　　大禮議起，諸臣意氣用事，以致世宗忿激，稱宗築廟，世宗固不為無失，而群臣跪伏喧呼，撼門慟哭，亦非善諫之道。事君數，斯辱矣，豈學古入官之士，尚未聞聖訓耶？楊慎謂仗節死義，張翀謂萬世瞻仰，幾若興邦定國，全賴此諫，試問於伏闕紛爭之

199

第五十七回　伏朝門觸怒世宗　討田州誘誅岑猛

後，有何裨益？即令世宗果聽其言，亦未必果能興邦、果能定國也。明代上大夫，積習相沿，幾成錮疾，卒之廷議愈滋，君心愈愎，有相與淪胥而已。田州一役，小醜跳梁，剿平固易。唯岑猛之被賺於婦翁，與世宗之被惑於本生父母，兩兩相對，適成巧偶，是亦文中之映合成趣者也。故善屬文者，無興味索然之筆。

第五十八回

胡世寧創議棄邊陲　邵元節祈嗣邀殊寵

卻說盧蘇、王受，系岑猛餘黨，既陷田州，並寇思恩。右江一帶，人情洶洶，或說岑猛未死，或說猛黨勾結安南，已陷思恩州，正是市中有虎，杯影成蛇。姚鏌力不能制。飛檄調兵，藩臬諸司，與鏌有隙，又倡言「猛實未誅，鏌為所給」等語。御史石金聞悉，遂劾鏌攘剿無策，輕信罔上，惹得世宗動怒，飭革鏌職，授王守仁為兵部尚書，總督兩廣軍務，往討田州，一面即用御史石金為巡按，同赴廣西。守仁到任，聞蘇、受二寇，勢焰頗盛，遂與石金商議，改剿為撫。乃使人招諭田州，令來轅赴約。蘇、受疑懼，不敢徑至。守仁復遣使與誓，絕不相欺。蘇、受乃盛兵自衛，來轅謝罪。經守仁開誠告誡，二人踴躍羅拜，自縛待罪。守仁數責罪狀，各杖數十，才諭歸俟命。已而馳入蘇、受營中，撫定叛眾，乃繕疏遙陳，略言：「田州外捍交趾，縱使得克，別置流官，

第五十八回　胡世寧創議棄邊陲　邵元節祈嗣邀殊寵

亦恐兵弱財匱，易生他變，且岑氏世效邊功，欲治田州為州，以猛子邦相為吏目，署行州事，設巡檢司十九處，令蘇、受等為巡檢。唯思恩府未曾被陷，仍設流官，命他統轄田州。邦相以下，悉遵約束」云云。朝旨報可。守仁遂依疏處置，田州以安。

嗣守仁自田州還省，父老遮道攀轅，稟稱斷藤峽猺，又復狠獗，盤踞三百餘里，大為民害。守仁乃留住南寧，佯為罷遣諸軍，示不再用，暗中卻檄令盧蘇、王受，囑他攻斷藤峽，立功自贖。蘇、受奉守仁令，潛軍突出，連破斷藤峽諸寨，誅匪首，散脅從，藤峽復寧。守仁上蘇、受功，賞賚有加。唯尚書桂萼，令乘機取交趾，守仁不應，桂萼遂劾守仁徵撫交失，停止獎諭。未幾守仁得疾，表乞骸骨，且舉鄖陽巡撫林富自代，朝命尚未復頒，守仁因病日加重，不及待命，離任竟歸，行至南安，一瞑長逝。桂萼復說他擅離職守，請世宗毋予卹典，且停世襲。失志則夤緣當道，得志則媢嫉同僚，這是小人通病。獨江西軍民，素懷守仁德惠，靈所經，無不縞素哭臨，香花載道，哀奠盈郊。至穆宗隆慶初年，始追諡文成。守仁系浙江餘姚人，曾讀書陽明洞中，當時號為陽明先生。平生學問，出入道佛，總旨以儒教為歸。嘗謂知是行的主要，行是知的工夫，知是行始，行是知終，人須知行合一，方為真道學。這數

202

語，是陽明先生的學說，門徒多遵守不衰。就是海外日本國，也靠著陽明遺緒，實力奉行，才有今日。極力讚揚，不沒大儒。這且不暇細表。

且說世宗踐阼，曾逮兵部尚書王瓊下獄，謫戍榆林，復起彭澤為兵部尚書，陳九疇為僉都御史，巡撫甘肅，這次黜陟，實因西番一役，王瓊陷害彭、陳，經給事中張九敘追劾瓊罪，才有此番變換（應四十八回）。九疇到了甘州，適值土魯番酋糾眾入寇，由九疇督兵力禦，戰敗滿速兒，追至肅州，又與肅州總兵官姜奭，夾擊一陣，殺死敵將火者他只丁，寇眾倉皇遁去。邊民嘩傳滿速兒已死，九疇亦依據謠傳，拜表奏捷。未免鹵莽。明廷正遣尚書金獻民，都督杭雄，統兵西討，聞九疇得勝，寇已敗退，乃自蘭州折還。誰知滿速兒依然無恙，西歸後，休養了兩三年，又遣部將牙木蘭，出據哈密，並侵及沙州、肅州。世宗聞警，又起用前都御史楊一清，總制三邊。一清至是三為總制，溫詔褒美，比他為郭子儀。土魯番聞一清威名，頗也知懼，稍稍斂跡。一清請權事招撫，先令他繳還哈密城印。既而一清奉召入閣，以尚書王憲代任，憲仍用一清計，遣使往諭土魯番，命悔過伏罪，歸還哈密。滿速兒置諸不理。

會大禮議起，大學士楊廷和去位，廷和與彭澤、陳九疇等，本來莫逆，就是大禮申

第五十八回　胡世寧創議棄邊陲　邵元節祈嗣邀殊寵

議，澤亦附同廷和，聯名抗奏。廷和既去，澤亦乞休。張璁、桂萼、方仇廷和，恨不得將廷和黨與，一網打盡，至土魯番再據哈密，遂上書論西番事，謂：「哈密不靖，自彭澤賂番求和始。彭澤復用，自楊廷和引黨集權始。今日人才，實唯王瓊可用。除王瓊外，無人可安西鄙了。」世宗正信任璁、萼，唯言是從，遂復召王瓊為兵部尚書，代王憲總制三邊。瓊既被召，即奏言滿速兒未嘗戰死，陳九疇誑報朦君，金獻民黨同欺上，俱應復按問罪。還有百戶王邦奇，亦上疏彈劾陳九疇、金獻民，以及楊廷和、彭澤等，說得痛激異常。再經張璁、桂萼兩人，火上添油，自然激動世宗，立降手詔數百言，遣官逮九疇、獻民下獄。璁、萼擬九疇坐斬，獻民奪籍，楊廷和、彭澤，俱應加罪。讞案將成，獨刑部尚書胡世寧，不肯照署，上言：「九疇誤信謠傳，妄報賊死，罪固難免，但常奮身破賊，保全甘、肅二州，功足抵罪，應從輕議」云云。世宗乃命將九疇減死，謫戍極邊，削奪獻民、彭澤原官。只廷和未曾提及，總算涵容過去。所謂不為已甚，想即在此。

先是九疇在甘肅，力言土魯番不可撫，宜閉關絕貢，專固邊防。世宗嘗以為然，因令將貢使拘繫，先後凡數十人。及九疇得罪，瓊督三邊，竟遣還舊俘，且許通貢。滿速兒氣燄愈驕，遣部將牙木蘭入據沙州，並限令轉拔肅州。牙木蘭轉戰愆期，致遭滿速兒

204

嚴責，並欲定罪加刑。牙木蘭大懼，率闔帳兵二千，老稚萬人，奔至肅州，叩關乞降。滿速兒以討牙木蘭為辭，糾合瓦剌部眾，入犯肅州。副使趙載，游擊彭濬，發兵截擊，復得牙木蘭為助，審知敵人虛實，一場鏖鬥，殺得他旗靡轍亂，馬仰人翻。滿速兒知機先走，還幸儲存性命，越年復遣使貢獅，且齎呈譯書，願以哈密城易牙木蘭。瓊據實奏報，並欲從他所請。世宗飭群臣會議，或言哈密難守，不必索還，或言哈密既還，理宜設守。詹事霍韜，主張保守哈密，尚書胡世寧，主張棄置哈密，兩人所議，各有理由，小子依次錄述。霍韜議案有云：

置哈密者，離西北之郊以屏藩內郡，或難其守，遂欲棄之，將甘肅難守，亦棄不守乎？太宗之立哈密，因元遺孽，力能自立，借虛名以享實利，今嗣王絕矣，天之所廢，誰能興之？唯於諸戎中求雄力能守城印，戰部落者，因而立之，毋規規忠順後可也。議亦有見。

胡世寧的議案，獨云：

先朝不惜棄大寧交阯，何有於哈密？哈密非大寧交阯比也。忠順後裔，自罕順以來，狎比土魯番，且要索我矣。國初封元孽和寧、順寧、安定俱為王，安定又在哈密之

第五十八回　胡世寧創議棄邊陲　邵元節祈嗣邀殊寵

內，近我甘肅，今存亡不可知，一切不問，而議者獨言哈密，何也？臣愚謂宜專守河西，謝哈密，無煩中國使，則兵可省而餉不虛糜矣。牙木蘭本一番將，非我叛臣，業已歸正，不當遣還，唐悉怛謀之事可鑑也。牙木蘭固不應遣還，哈密亦豈可遽棄？

世宗瞧著兩議，卻以世寧所說，較為得當，一面命王瓊熟計詳審，再行復奏。瓊再疏仍申前議，又經張璁等議定，留牙木蘭不遣，移置諸戎於肅州境內。自是哈密城印，及哈密主拜牙郎，悉置不問，哈密遂長淪異域，旋為失拜煙答子米兒馬黑木所據，並服屬土魯番，唯按年入貢明廷。土魯番失一牙木蘭，遂乏健將，滿速兒雖然桀驁，卻也不能大舉，有時或通貢使，有時貢使不至，明廷也無暇理睬，但教河西無事，便已慶幸得很了。舌戰甚勇，兵戰甚弱，歷朝衰季，統蹈此弊。

且說張璁、桂萼用事後，原有閣臣，先後致仕。御史吉棠，請徵還三邊總制楊一清，藉消朋黨。世宗乃召一清入閣，張璁亦欲引用老臣，以杜眾口，遂力舉故大學士謝遷。遷不肯就徵，經世宗遣官至家，持敕令起，撫按又敦促上道，不得已入京拜命。遷年已七十有九，居位數月，即欲乞歸。世宗加禮相待，每遇天寒，飭免朝參。除夕賜詩褒美，勉勉強強的過了一年，再三告病，方准歸休。歸後三年乃歿，予諡文正。唯一

清在閣稍久,即與璁、萼有隙,給事中孫應奎,疏論一清及璁、萼優劣,乞鑑三臣賢否,核定去留。王準、陸粲,與應奎同官,獨劾奏璁、萼引用私人,日圖報復,威權既盛,黨羽復多,若非亟行擯斥,恐將來為患社稷,貽誤不淺了。世宗乃免璁、萼官。詹事霍韜,嘗與璁、萼約同議禮,及見兩人去職,攘臂說道:「張、桂既行,勢且及我,我難道坐視不言麼?」遂為璁、萼訟冤,且痛詆一清,說他嗾使王準、陸粲,誣劾璁、萼。並云:「臣與璁、萼,俱因議禮見用,璁、萼已去,臣不能獨留。」為這一疏,世宗又念及張璁前功,立命召還,貶王準為典史,陸粲為驛丞。說起議禮兩字,世宗便不能不袒護,可知霍韜之言,無非要挾,居心實不可問矣。韜再劾一清,世宗令法司會集廷臣,核議一清功罪。張璁卻佯乞寬假。看官!你想此時的楊一清,還有什麼顏面?一疏乞休,再疏待罪。世宗准予致仕,一清即日出都。可巧故太監張永病死,永弟容代為介紹,求一清作墓誌銘。世宗聞知,暗囑言官劾奏,竟坐一清受贓奪職。一清遠家,得知此信,不禁忿恨道:「我已衰年,乃為孺子所賣,真正令人氣死。」果然不到數月,背上生一大疽,流血而亡。又閱數年,始復故官,尋又追諡文襄,但身已早歿,何從再知,也不過留一話兒罷了。一清也自取其咎。

第五十八回　胡世寧創議棄邊陲　邵元節祈嗣邀殊寵

璁既復用，萼亦召還，兩人仍然入閣，參預機務。適世宗有意變法，擬分祭天地日月，建立四郊，商諸張璁，璁不敢決。給事中夏言援引周禮，奏請分祭，大合世宗意旨，璁亦順水推舟，力贊言議。有幾個主張合祭的，盡被駁斥。霍韜反抗最烈，竟致逮繫。韜本與璁、萼毗連，此時何不黨附？遂命建圜丘方丘於南北郊，以二至日分祭，建朝日夕月壇於東西郊，以春分秋分日分祭。郊祀已定，復更定孔廟祀典，定孔子諡號為至聖先師，不復稱王，祀宇稱廟不稱殿，用木主不用塑像。以叔梁紇為孔子父，顏路、曾皙、孔鯉，為顏、曾、子思父，別就大成殿後，增築一堂，祀叔梁紇，配以顏路、曾皙、孔鯉。是從獻皇帝廟祔會出來。所有祀儀，比郊天減輕一級，以漢後蒼、隋王通、宋歐陽修、胡瑗、蔡元定從祀。御製正孔子祀典說，宣付史館，又行禘祭，定配享，作九廟，改太宗廟號為成祖，尊獻皇帝廟號為睿宗，升安陸州為承天府，種種制度，無非粉飾鋪張，與國家治亂，毫無干涉呢。

桂萼再入閣後，在位年餘，沒甚議論，嗣因病乞歸，未幾即死。唯張璁規定各制，璁因犯帝嫌名，奏請改易，世宗手書孚敬二字，作為璁名。世宗名厚熜，與張璁之璁，偏旁不同，璁乃自請改名，無非貢諛而已。廷臣因他得寵，相率附和，不敢生異。只夏言方結主知，與孚敬分張一幟，一切製作，多由夏言解決，世宗很是信從，

208

孚敬反為減色，因此屢欲傾言，暗加讒間。誰料世宗反祖護夏言，斥責孚敬，孚敬無法，致仕而去。世宗命侍郎翟鑾，尚書李時，先後入閣，升任夏言為禮部尚書。翟、李兩人，遇著大政，必與言商。言雖未預聞閣務，權力且出閣臣上，李時、翟鑾，不過備位充數罷了。

世宗因在位十年，尚無皇嗣，復擬設醮宮中，令夏言充醮壇監禮使，侍郎湛若水、顧鼎臣充迎嗣導引官，文武大臣，逐日排班進香。世宗亦親詣壇前，虔誠行禮。主壇的大法師，便是前文所敘的邵元節。元節系貴溪人氏，幼得異人范文泰傳授龍圖龜範的真詮，自言能呼風喚雨，驅鬼通仙。世宗聞他大名，徵召入京，叩問仙術，元節只答一個靜字訣，靜字以外，便是無為二字。世宗甚為稱賞，敕封真人。未幾命他禱雪，果然彤雲密布，瑞雪紛飛。想是湊巧。看官！你想世宗到了此時，尚有不竭誠信麼？當下加號致一真人，飭領金籙醮事，給玉金銀象印各一枚，秩視二品，並封元節師元泰為真人，敕在都城建真人府，糜費巨萬，兩年始成，由夏言作記勒碑，贈田三十頃，供府中食用，遣緹騎四十人，充府中掃除的役使，真個是敬禮交加，尊榮備至。到了祈嗣設醮，當然由邵真人登壇，主持壇事，朝誦經，夕持咒，差不多有一兩年。偏偏後宮數十，無一宜男。監察御史喻希禮，乞赦免議禮得罪諸臣，世宗大怒道：「希禮謂朕罪諸

第五十八回　胡世寧創議棄邊陲　邵元節祈嗣邀殊寵

臣，致遲子嗣麼？」立命將希禮謫戍。編修楊名，劾奏邵元節言近無稽，設醮內府，尤失政體，又遭世宗怒斥，下獄戍邊。元節以祈嗣無效，暫乞還山。且上言皇上心誠，不出一二年，定得聖嗣。世宗大喜，使中官至貴溪山中，督造仙源宮，俾資休養。宮既成，元節入朝辭行，世宗設筵餞別，淒然問道：「真人此去，何時再得相見？」元節用指輪算，欣然答道：「陛下多福多壽，兼且多男，草莽下臣，來謁聖躬？當不止一二次呢。」後來看似有驗，吾總謂其偶中耳。世宗道：「吾年已三十，尚無子嗣，他日如邀神佑，誕育一二，便已知足，何敢多求呢？」元節道：「陛下寬心，試看麟趾螽斯，定多毓慶，那時方知所言不謬了。」言畢，舉拂即行，飄然而去。

說也奇怪，元節出京數十日，後宮的閻貴妃，居然有娠。倏忽間又是數月，世宗因貴妃得產，還需祈禱，乃遣錦衣千戶孫經，齎敕往召。元節奉命登程，舟至潞河，又有中使來迎，相偕入京。世宗在便殿召見，慰勞有加，即賜彩蟒衣一襲，並屬教輔國王印。次日再命設壇，世宗特別虔誠，沐浴齋戒，才詣壇前禱祀，但見香菸凝結，佳靄氤氳，大家說是慶雲環繞，非常瑞徵。世宗亦信為天賜。過了三日，閻妃分娩，果得石麟，群臣排班入賀。世宗道：「這都是致一真人的大功呢。」慢著。遂加授元節為禮部尚書，給一品服俸，賜白金文綺寶冠，法服貂裘，並給元節徒邵啟為等祿秩有差。元節果

210

有道術，豈肯拜受虛榮？文成五利之徒，何足道乎？大修金籙醮於立極殿，凡七日夜，作為酬神的典禮。小子有詩嘆道：

得嗣寧從祈禱來，胡為迷信竟難回？

盧生以後文成繼，秦漢遺聞劇可哀。

皇嗣已生，後事果屬如何，且看下回申敘。

棄大寧，棄交趾，並棄哈密，此皆明代衰微之兆。昔也闢國百里，今也蹙國百里，可為世詠矣。況封疆之寇未除，中央之爭已起，陳九疇有御番才，乃為張璁所傾陷，代以王瓊，滿速兒請以哈密易牙木蘭，竟欲勉從所請，胡世寧主張不遣，是矣，然必謂哈密可棄，得毋太怯。我退一步，寇進一步，玉關以外，從此皆戎夷，能毋生今昔之感耶？世宗不察，反日改祀典，藻飾承平，至於設壇修醮，禮延方士，禱雪而雪果降，祈嗣而嗣又生，世宗之迷信，由是深矣，然亦安知非一時之僥倖耶？國家將亡，必有妖孽，吾謂邵元節輩，亦妖孽類也。

第五十八回　胡世寧創議棄邊陲　邵元節祈嗣邀殊寵

第五十九回 繞法壇迓來仙鶴　毀行宮力救真龍

卻說世宗既得皇嗣，取名載基，益信方士有靈，非常寵信。自是道教盛行，佛教衰滅，菩薩低眉，不能不讓太上老君，獨出風頭。涉筆成趣。巧值大興隆寺被災，御史諸演，揣摩上意，奏請順天心，絕異端。夏言又請除禁中佛殿，原來明宮裡面，有大服千善殿神佛，藏有金銀佛像，及各種器具，相傳系元代敕建，至明未毀。世宗得夏言奏章，即命偕武定侯郭勛，大學士李時，先去察視。言等奉命入殿，殿中所列，無非是銅鑄的如來，金裝的觀音，以及羅漢、韋馱、彌勒佛等類，恰也習見不鮮，沒甚奇異。及步入最後一殿，但見壁上的蠶灰，半成汙垩，簷前的蛛網，所在縱橫，殿門關得甚緊，獸環上面，銜看大鎖，鎖上所積塵垢，差不多有數寸厚。當問殿中住持，索取鎖鑰，住持謂中有怪異，不宜輕啟。夏言怒叱道：「我等奉旨而來，怕什麼妖怪不妖怪？」住持

第五十九回　繞法壇迓來仙鶴　毀行宮力救真龍

不得已，呈上鑰匙，哪知鑰已生鏽，插入鎖心，仍然推啟不動。夏言更命侍役擊斷大鎖，啟門入內。門內黝黑深邃，差不多似酆都城，各人魚貫進殿，凝神細瞧，並不見有丈六金身，莊嚴佛像，只有無數的奇形鬼怪，與那漆鬙粉臉的女像，抱腰親吻，含笑鬥眉；最看不過去的，是有數男像及數女像，統是裸著身體，赤條條一絲不掛，彼此伏著地上，作那交媾情狀。祕戲圖無此媟褻，歡喜禪竟爾窮形。夏言不禁憤憤道：「佛門清淨，乃有這等穢事麼？」言畢，即與郭、李兩人，一併出來，入廷復旨，直陳不諱，且請把所有的異像，一一銷熔，發掘供奉。」世宗識見，頗過夏言。世宗道：「既有這般邪魔，應一律銷毀，免得愚民無知，發掘供奉。」世宗識見，頗過夏言。隨即發遣工役，盡行拆毀，把各種支離偶像一一銷熔，共得一萬三千餘斤。還有金函玉匣，內貯佛牙等，統共毀去。殿宇遺址，改築慈慶、慈寧宮，奉兩宮太后居住，這也不消細說。

唯皇子載基，才生兩月，忽然間生了絕症，竟至夭逝，想是諸佛作祟。世宗不勝哀悼。幸王貴妃又復懷孕。足月臨盆，生下一男，取名載壑。接連是杜康妃、盧靖妃各生一男，杜妃子名載垕，便是後來的穆宗，盧妃子名載圳，後封景王，就國安陸，盧靖妃繼跡興藩。世宗連得二子，方減悲懷，只把那亡兒載基，賜諡「哀沖」，稱為「哀沖太子」罷了。死了一子，生了二子。畢竟祈禱有靈。後來世宗又得四子，一名載𪨧，一名載㙺，

214

一名載壡,一名載𡐦,俱系妃嬪所出,並皆夭亡。看官聽著世宗八子,統出妃嬪,想正宮皇后,當然是無子呢。小子查閱明史,世宗共有三後::第一後是陳氏,前文亦曾敍過,陳后性頗褊狹,一日與世宗同坐,張、方二妃進茗,世宗見二妃手似柔荑,不釋,后投盃遽起,觸怒天顏,大聲喝斥。后適懷妊,坐是墮胎,驚悸成疾,一病即崩。第二后就是張妃,妃既繼位中宮,從夏言議,親蠶北郊,嗣又率六宮嬪御,聽講章聖女訓,倒也有些淑德,不知何事忤了世宗,竟於嘉靖十三年廢居別宮。十五年謝世,明史上未曾敍及被廢情由,小子也不敢杜撰。第三后乃是方氏,世宗久無子嗣,用張孚敬言,廣選淑女,為毓嗣計,即選方氏、鄭氏、王氏、閻氏、韋氏、沈氏、盧氏、沈氏、杜氏九人,同冊為九嬪。強依古禮。張后被廢,方氏以九嬪首選,繼立為后。舊制立后,第謁內廟,世宗獨援廟見禮,率方氏謁太廟及世廟,仍本張孚敬議。頒詔天下,飭命婦入朝中宮。統計世宗冊立三后,要算立方后時,禮節最繁,但玄鳥降祥,偏錫下陳,這也是命中注定,不能勉強呢(這一段敍明各后,萬不能省)。世宗以正宮無出,理應立長,遂於嘉靖十八年,立子載壡為太子,封載坖為裕王,載圳為景王。載壡事見後文,姑且慢表。

單說世宗既信任邵元節,屢命設醮,其時四方道流,趨集都下,江西龍虎山中的張

第五十九回　繞法壇迓來仙鶴　毀行宮力救真龍

天師，名叫彥，亦入都謁見。世宗與他談論道法，他以「清心寡慾」四字為對，元節所對只三字，彥所對有四字，宗旨相去不遠，應足齊名。頗合上意，遂加封為正一嗣教真人，賜金冠玉帶蟒衣銀幣，留居京邸，令與元節分壇主事。元節多一敵手。壇場鋪設，尤為繁備，上下共計五層：下一層，按照五方位置，分建紅黃藍皂白五色旗；第二層，統是蒼松翠柏扎就的亭台曲檻；第三層，有八十一名小太監，各穿法服，手執百腳長幡，按方排立；第四層，陳列鐘鼓鼎彝等物；第五層上面，方是正壇，冠金童玉女，列隊成行，四面環著香花，中央起著巨燭，上供三清等像，青獅白象，躍躍欲生，香菸裊繞九霄中，清磬悠揚三界上。這位正一真人張天師彥，備敘名號，揚中寓抑。戴金冠，系玉帶，服蟒衣，手秉象簡，通誠禱告。世宗就壇行拜叩禮，只聽張天師口中，唸唸有詞，呼了幾十回天尊，誦了兩三次祝文，忽覺爐內香菸，冉冉上升，氤氳不散，凝成祥雲；巧值紅日當空，與那飄渺的雲煙，映照成採，紅黃藍白，迴環交結，壇下文武各官，都說是卿雲幻縵，捧日光華。世宗瞧著，亦很覺奇異，正在驚喜交集的時候，又聽得空中嘹亮，聲婉且清，舉頭上眺，恰有一雙白鶴，從採雲深處，迴翔而下，繞壇翩躚，三匝後，依舊沖天飛去。真耶幻耶。此時的世宗愈信仙人指化，望空拜謝。待至還朝，百官齊聲稱賀，三呼萬歲。世宗益喜，賞賜張天師彥，金帛無算。彥頯遂請還山，

世宗挽留不住,乃遣中使送歸。天師歸後,不意住宅被火,由中使復奏,忙發內帑萬金,重與建築。想無仙源宮,故意縱火索償。給事中黃臣諫阻道:「從前欒巴、郭憲,噀酒止火,彥果有道力,何致回祿臨門?請陛下不必代治!」世宗不聽。天師遂坐享華廈,祿養逍遙。未幾天師病死,世宗命如列侯例,厚給卹典,且為之嘆息數日。

已而世宗南幸承天(即安陸州),謁見顯陵(即獻皇帝墓),邵元節在京中,患病不從。病且死,語門徒邵啟為道:「我將逝世不能再赴行在,一見皇上,但煩你轉達行轅,我死後,陶典真可繼我任。」言訖即逝。邵啟為謹遵師命,馳訃行在,世宗方駐蹕裕州,聞報大慟。哭他什麼?世宗若果聰明,應知仙人也要病死,更宜破涕為笑。親書手諭,頒發禮部,所有營葬卹典,如伯爵例,並命中官護喪歸籍。一面召陶典真至行在,加給祿俸,令他亟蹕南行。

典真南岡人,一名仲文,少時為黃岡縣掾吏,性喜神仙方術,嘗在羅田萬玉山中練習符籙,頗得微驗。邵元節微時,曾與往來。元節得寵,唸著友誼,代為疏通,得除授遼東庫大使,秩滿至京,往謁元節,免不得恭維數語。元節嘆道:「你初次到京,哪知我的苦處?我年已老邁,精力欠佳,屢次上表乞歸,偏是皇上不准,留我在京,演

第五十九回　繞法壇迓來仙鶴　毀行宮力救真龍

授法事，我實是力不能及了。神仙也怕吃力麼？現在宮中興妖作怪，驚惶的了不得，委我禱禳，我尤日夕無暇，你來此正好，替我出力，我也可以息肩了。」仲文道：「果承薦舉，尚有何說。」當下寄寓真人府內，由元節入宮面稟，願薦仲文自代，世宗自然准奏。仲文仗著道法，即日至宮中驅禳，焚符諷咒，禱告了三日三夜，果然妖氛不起，怪異潛蹤。究竟這宮中有妖無妖，有怪無怪，據《明宮軼聞》，謂有黑氣為祟，漫如濃煙，又每夜聞木魚聲，一宮娥頗有膽力，聞聲夜起，到處細聽，但聞怪聲出自階下，便用小石為記，待至黎明，面奏世宗，當命人移階掘土，挖至數尺，果有木魚一具，質已朽腐，投諸烈火，有綠煙一縷上沖，氣甚臭惡，裊裊不絕。嗣經仲文入禳，黑眚消滅，禁掖平安。世宗雖頗信重仲文，但總道是元節傳授，所以有此法力，靈效非常。及元節臨終，復薦仲文，當即記著前事，立命召至，令他從行。

到了衛輝，時當白晝，天日清和，春光明媚，事見嘉靖十八年二月中。世宗心舒意愜，對景流連。猛然間有一陣旋風，從西北來，吹得駕前的節旄，都在竿頭盤繞，沙飛石走，馬嗚聲嘶，護駕的官吏，都嚇得面如土色。世宗忙召見仲文，問這旋風，主何朕兆？仲文跪奏道：「臣已推算過了，今夜防有火災。」不知從何術推測，想是俗語所謂旁門遁呢。世宗驚道：「既有火災，應該醮禳。」仲文道：「劫數難逃，禳亦無益。況行道

218

倉猝，一時亦不及設壇呢。」世宗道：「這卻如何是好？」仲文道：「聖駕應有救星。料亦無妨。唯請陛下飭令扈從，小心保護為要。」世宗點首。是夕黃昏，便令扈從等人，熄燈早睡，又飭值夜更役，分頭巡邏，不得怠慢。戒令已畢，世宗才入御寢，亦吹熄燈燭，早早的就寢安眠。誰知睡到夜半，忽然火起，熊熊焰焰，頃刻燭霄，宮中扈從各人，驀遇火災，統是倉皇失措，奪門亂竄。又奈這火從外面燒入，竟將各門擋住，彷彿是祝融、回祿，代守宮門。宮內竄出各更役，逃命要緊，管不及有火沒火，統從火堆中越過，不是焦頭爛額，也被燎髮燃眉，受著幾陣濃煙，已皆暈倒，燒得烏焦巴弓。世宗本有戒心，聞外面是嘩剝聲，慌忙起床，啟戶一瞧，已是紅光滿目，照膽驚心，當有內監等前來扈駕簇擁而出，不防外面已成火圈，無路可走，只好重行退還。世宗因仲文言，自知無礙，便語內侍道：「休要驚慌！朕躬自有救星。」道言未絕，門外已有人搶入，不及行君臣禮，忙將世宗背在身上，從煙焰稍淡處，衝將出去，走至宮外，俱幸無傷，才將世宗息下。世宗瞧著，乃是錦衣衛指揮使陸炳。炳頓首問安，世宗亦慰諭道：「非卿救朕，朕幾葬身火窟了。但陶卿曾謂朕有救星，不料救星就是卿呢。」正說著，陶仲文亦跟蹌奔至，鬚眉多被焚去。世宗與語道：「卿何故也遭此災？」仲文道：「陛下命數，應罹小災，臣適默禱，以身相代，所以把些須驚恐，

第五十九回　繞法壇迓來仙鶴　毀行宮力救真龍

移至臣身。陛下得安，臣何惜這鬚眉呢。」吾誰欺，欺天乎？世宗大喜。及火勢已熄，回視行宮，已成焦土，檢查吏役，傷亡了好幾百人，世宗命循例撫卹。授仲文為神霄保國宣教高士，給予誥敕印綬，特准攜帶家屬，隨官就任。是時章聖太后已崩，世宗有意南祔，所以南巡承天，閱視幽宮。至此南祔議決，才還京師。是年九月，奉葬章聖太后於顯陵。世宗又送葬南下，不消細說，唯世宗南巡時，曾命太子監國，四歲小兒，如何清淨？世宗甚是信從。一日臨朝，諭廷臣道：「朕欲命太子監國二年，俾朕在宮攝養，康強身體，再行親政。」太僕卿楊最，心中很是反對，因見廷臣無言，也只得暫時含忍，待退朝後，恰抗疏上奏道：

臣入朝時，聞聖諭由東宮監國，暫得靜修，此不過信方士之言，為調攝計耳。夫堯舜性之，湯武身之，非不知修養可以成仙，以不易得也。不易得所以不學，豈堯舜之世無仙人？堯舜之智不知學哉？孔子謂老子猶龍，龍即仙也，孔子非不知老子之為仙，不可學也，不可學豈易得哉？

臣聞皇上之諭，始則驚而駭，繼則感而悲，犬馬之誠，唯望陛下端拱穆清，恭默思

道，不邇聲色，保復元陽，不期仙而自仙，不期壽而自壽。若夫黃白之術，金丹之藥，皆足以傷元氣，不可信也，幸陛下慎之！」

為這一疏，大忤帝意，竟下詔逮最下獄，飭鎮撫司拷訊。最不勝搒掠，瘐斃獄中。冤哉！枉也。隨進陶仲文為忠孝秉一真人，領道教事；尋加少保禮部尚書，晉授少傅，食一品俸。半官半道，煞是可笑。還有方士段朝用，交結武定侯郭勛，調能化器物為金銀，當將所化銀杯，託勛進奉。世宗稱為天授，立封朝用為紫府宣忠高士，即將所獻銀杯，薦享太廟，加郭勛祿米百石，嗣復加封翊國公。嗣是東宮監國，說雖不行，唯世宗常不視朝，日事齋醮，工作煩興。給事中顧存仁、高金、王納言，皆以直諫得罪。監察御史楊爵，忍耐不住，竟上疏直陳五大弊：一由郭勛奸蠹，任用肆毒；二由工作不休，朘民膏血；三由朝御希簡，經筵曠廢；四由崇信方術，濫加保傅；五由阻抑言路，忠藎杜口。看官！你想這五大弊，都是世宗視為美政，瞧著此奏，能不震怒異常麼？當下逮獄拷掠，血肉狼藉，死了一夜，方得甦醒。主事周天佐、御史浦，上疏論救。皆下獄受刑，先後瘐死。因此群臣相戒，無敢再言。時大學士張孚敬，屢進屢出，於嘉靖十八年卒於家，世宗尚追悼不已，贈職太師。李時亦已病終，禮部尚書監醮使夏言，升任武英殿大學士；導引官顧鼎臣，升任文淵閣大學士。兩人最得帝寵，所有建醮時的薦告文，

第五十九回　繞法壇迓來仙鶴　毀行宮力救真龍

嘗由兩人主稿，創用青藤紙書朱字，稱為青詞。青詞以外，又有歌功頌德的詩章，亦多屬兩人手筆。顧鼎臣進步虛詞七章，夏言進修醮詩，有「宮燭熒煌太乙壇」等句，均為世宗所稱賞。內外官吏，彼此相效，盛稱祥瑞，侈頌承平，風氣一開，諛詞競進，遂引出一個大奸賊來（應首回奸賊專權）。前此如江彬諸人，未嘗不奸，但未及若人耳。正是：

方外諸人剛獲寵，朝中巨猾又專權。

欲知奸賊為誰，待下回詳述情由。

邵元節以外，有張彥，張彥以外，又有陶仲文，何仙人之多耶？或謂卿雲繞日，白鶴繞壇，史策流傳，非盡虛語。至若旋風示兆，果遇火災，陶真人獨能先覺，陸指揮即是救星，就令君非世宗，亦安得不為之敬信者？不知人君撫有天下，應以福國利民為本務，國而治，不言瑞而瑞自至；民而安，不求福而福自來。否則瑞反為妖，福轉伏禍，寧有濟耶？況乎法壇之鶴，寧非彥之預儲，故示靈應；行宮之毀，安知非仲文之縱火，借踐妖言。古今來之欺世惑民者，往往如此，非必其果有異術也。本回陸續敘寫凡方士之售欺，與世宗之受欺，盡在言中，明眼人自能知之，寧待明示乎？

第六十回 邇宮變妃嬪罹重闢　跪榻前父子乞私情

卻說嘉靖中年，有一位大奸臣，乘時得志，盤踞要津，秉政二十餘年，害得明朝元氣，剝削殆盡，幾乎亡國敗家。這奸臣姓甚名誰，就是分宜人嚴嵩。大忠大奸，俱用特筆。弘治年間，嵩舉進士，有術士替他相面，說他後當大貴，但有餓紋入口，恐至枵腹亡身。嵩笑道：「既云大貴，又云餓斃，顯見得自相矛盾，不足深信呢。」嚴嵩以進士成名，獨不聞周亞夫故事耶？嗣是浮沉宦鄉，沒甚出色。他遂變計逢迎，多方運動，竟得了尚書夏言的門路。就職南京，洊任至吏部尚書。會值夏言入閣，遂調嵩入京，就任禮部尚書，所有一切禮儀，無不仰承上旨，深合帝心。又因建壇設醮，屢現慶雲，遂仗著歷年學問，撰成一篇《慶雲賦》，呈入御覽。世宗從頭至尾的閱讀一遍，覺得字字典雅，語語精工，就是夏、顧兩大臣的青詞，亦似遜他一籌，免不得擊節稱賞。未幾，又

第六十回　邁宮變妃嬪罹重闢　跪榻前父子乞私情

獻《大禮告成頌》，越覺鏤金琢玉，摛藻揚芬，世宗遂大加寵眷，所有青詞等類，概令嚴嵩主筆。夏、顧二人，轉因此漸漸失寵。顧鼎臣不該遭禍，竟於嘉靖十九年，得病逝世，追贈太保，居然生榮死哀，完全過去。確是倖免。唯夏言自恃勳高，瞧不起這位嚴尚書，且因嚴嵩進階，都由自己一手提拔，所以待遇嚴嵩，幾與門客相等。嚴嵩與言同鄉，科第比言為早，因須仗言援引，不得不曲意迎承。誰知言竟一味驕倨，意氣凌人，嵩遂暗暗懷恨，不過形式上面，尚是特別謙恭。是謂奸臣。一日，置酒邀言，齋束相請，言竟謝絕。嵩復自至夏第，入門求見，言復不出。這般做作，無怪速死。嵩不得已長跪階前，手展所具啟帖，和聲朗誦，委婉動人，言乃回嗔作喜，出來應酬，遂偕嵩赴宴，興盡乃歸。言以為嵩實謙抑，坦然不疑。俗語說得好：「明槍易躲，暗箭難防。」嚴嵩是個陰柔險詐的人物，陰柔險詐四字，真是嚴嵩的評。受了這等暗氣，哪有不私圖報復？湊巧翊國公郭勛，與言有隙，嵩遂與勛相結，設計害言。先是言加封少師，特進光祿大夫上柱國，並蒙賜銀章，鐫「學博才優」四字，得密封白事。自世宗至承天謁陵，郭勛、夏言、嚴嵩等，俱扈駕隨行，謁陵已畢，嵩請表賀，言請俟還京再議。世宗竟從嵩請，遽御龍飛殿求賀。嵩遂揣摩意旨，與郭勛暗伺言隙，一再進讒，頓時惱了世宗，責言傲慢不恭，追繳銀章手敕，削奪勛階，勒命致仕。既而怒意漸解，復止言行，把

銀章手敕，一併賞還。言知有人構陷，上疏謝恩，內有「一志孤立，為眾所忌」二語，世宗復下詔切責。言再疏申謝，並乞歸休，有旨不許。會昭聖太后病逝，世宗飭群臣酌議服制，言報疏未愜帝意，且間有訛字，復遭嚴旨駁斥。原來昭聖太后張氏，自世宗稱為伯母后，奉待浸薄。后弟昌國公張鶴齡，及建昌侯張延齡，以僭侈逾制，為人所訐，先後下獄。張太后至席藁待罪，請免弟死，世宗不從。鶴齡瘐死獄中，延齡長繫待決。張太后忿恚致疾，竟爾告終。世宗意欲減輕服制，偏夏言以禮相繩，倉猝間又繕錯一二字，遂被世宗指毛索瘢，斥為不敬。世宗又動了憐念，令還私第治疾，徐俟後命。夏言經此播弄，尚復戀棧，豈必除死方休耶？張太后的喪葬，草草完事，就是世宗父子，亦不過持服數日，便算了結。張延齡竟致棄市。第知尊敬父母，未及錫類之仁，安得為孝？（插入張氏情事，以明世宗之負心。）

時言官交劾郭勛，勛亦引疾乞假。京山侯崔元新得主眷，入直內苑，世宗與語道：「郭勛、夏言，皆朕股肱，為什麼彼此相妒呢？」元躊躇未答。世宗又問勛有何疾？元答道：「勛實無疾，但忌夏言，言若歸休，勛便銷假了。」世宗為之頷首。御史等聞這消息，又聯名劾勛，有詔令勛自省，並將原奏發閱，勛辯語悖慢，失人臣禮。給事中高

第六十回　邃宮變妃嬪罹重闢　跪榻前父子乞私情

時，乃盡發勛貪縱不法十數事，多由言暗中指授，獄成議斬。世宗尚有意寬貸，飭令復勘，不意復勘一次，復勘兩次，加罪兩次，一個作威作福的翊國公，不被戮死，也被搒死，盈廷稱快。勛既得罪，言復被召入直。法司審勛案，遂下勛錦衣獄。只嚴嵩失一幫手，未免心中怏怏。

明代冠制，皇帝與皇太子冠式，用烏紗折上巾，即唐朝所稱的翼善冠。世宗崇尚道教，不戴翼善冠，獨戴香葉冠，嗣命制沉水香冠五頂，分賜夏言、嚴嵩等。夏言謂非人臣法服，卻還所賜。嚴嵩獨遵旨戴著，且用輕紗籠住，借示鄭重。世宗遂嫉言親嵩，適當日食，因詔稱：「大臣慢君，以致天象告儆，夏言慢上無禮，著即褫職，所有武英殿大學士遺缺，令嚴嵩補授！」這詔頒發，嵩遂代言入閣，躍登相位。時嵩年已六十餘，不異少壯，朝夕入直西苑椒房，未嘗一歸沐浴，世宗大悅，賜嵩銀章，有「忠勤敏達」四字。尋又陸續賜匾，遍懸嵩第，內堂曰延恩堂，藏書樓曰瓊翰流輝，修道閣曰奉玄之閣，大廳上面獨擘窠大書忠弼二字，作為特賞。嵩遂竊弄威柄，納賄營私。長子世蕃，得任尚寶司少卿，性尤貪黠，父子狼狽為奸，朝野側目。世宗之所謂忠者，得毋由是。

嘉靖二十一年十月，宮中竟鬧出謀逆的大變來。謀逆的罪首，乃是曹妃宮婢楊金英，一個宮婢，也入國史中，傳播百世，可謂值得。原來世宗中年，因求儲心切，廣置妃嬪，

226

內有曹氏，生得妍麗異常，最承寵愛，冊為端妃。每遇政躬有暇，必至端妃宮內，笑狎盡歡，後宮佳麗三千人，三千寵愛在一身，差不多有這般情形。修道者固如是耶？端妃侍婢楊金英，因侍奉未周，屢觸上怒，幾欲將她杖死，還是端妃替她緩頰，才把性命保全，金英未知感恩，反且啣恨。可巧雷壇告成，世宗往禱雷神，還入端妃宮中，同飲數杯，酒酣欲睡，眠倒榻上，竟入黑甜。端妃替他覆衾，放下羅幃，恐怕驚動睡夢，因輕閉寢門，趨至偏廂去了。不料楊金英覷著閒隙，悄地裡挨入寢門，側耳細聽，鼾聲大起，她竟放著膽子，解下腰間絲帶，作一套結，揭開御帳，把結套入帝頸，正在用力牽扯，突聞門外有履舄聲，不禁腳忙手亂，擲下帶子，搶出門外。看官聽著！這門外究係何人？原來是另一宮婢，叫做張金蓮。又是一個救星。金蓮正從寢門經過，偷視門隙，見金英解帶作結，不知有什麼勾當，她本欲報知端妃，轉思金英是端妃心腹，或由端妃遣入，亦未可知，不如速報皇后，較為妥當。主意已定，遂三腳兩步的趨至正宮，稟稱禍事。方皇后聞言大驚，忙帶著宮女數名，隨金蓮趕入西宮，也不及報知端妃，竟詣御榻前探視，揭帳一瞧，見世宗頸中，套絲帶一條，驚得非同小可，忙用手向口中一試，覺得尚有熱氣，心下始放寬三分，隨即檢視帶結，幸喜是個活結，不是死結。看官，這楊金英既欲弒帝，何以不用死結，恰用活結呢？小子想來，料係世宗命不該絕，

第六十回　邁宮變妃嬪罹重闢　跪榻前父子乞私情

楊金英忙中致誤。所以帶結不牢，當用力牽扯時，反將帶結扯脫一半，又經張金蓮覷破，不及再顧，所以世宗尚未畢命。方后聞報進來，這時候的方皇后，瞧著端妃，不由的柳眉倒豎，鳳眼圓睜，用著猛力，將絲帶擲向端妃面上，並厲聲道：「你瞧！你瞧！你敢做這般大逆事麼？」平時妒意，賴此發洩。端妃莫名其妙，只嚇得渾身亂抖，還算張金蓮替她辯明，說是楊金英謀逆，方后即令內侍去捕金英，一面宣召御醫，入診世宗。至御醫進診，金英已是拿到，方后也不及審問金英，先由御醫診視帝脈，說是無妨，立即用藥施治。果然世宗甦醒轉來，手足展舒，眉目活動，唯項間為帶所勒，雖未傷命，究竟咽喉被逼，一時尚不能出言。方后見世宗復生，料知無礙，便出外室嚴訊金英。金英初尚抵賴，經金蓮質證，無從狡辯，只好低首伏罪。偏方后不肯罷手，硬要問她主謀。金英一味支吾，待至用刑脅迫，恰供出一個王寧嬪。方后遂命內監張佐，立將王寧嬪牽至，也不問她是虛是實，即用宮中私刑，打她一個半死。隨召端妃入問道：「逆犯金英，是你的愛婢，你敢與她通同謀逆，還有何說？」端妃匍伏地上，訴明冤屈。方后冷笑道：「皇上寢在何處，你敢想推作不知麼？」便命張佐道：「快將這三大罪犯，拖將出去，照大逆不道例，凌遲處死便了。」拔去眼中釘，快意何如？端妃聞言，魂靈兒已飛入九霄，幾至不省人事，及驚定復甦，還想哀

228

求，已被張佐牽出宮外。可憐她玉骨冰肌，徒落得法場寸磔，暴骨含冤。為美人恃寵者鑑。王寧嬪及楊金英，依例極刑，不消細說。世宗病痊，憶著端妃的情愛，遍詰宮人，都為稱冤，哀悼不置。嗣是與后有隙，至嘉靖二十六年，大內失火，世宗方居西內，聞著火警，竟向天自語道：「莫謂仙佛無靈，看那廝妒害好人，今日恐難逃天譴呢。」宮人請往救方后，世宗默然不答。及火已撲熄，接到大內稟報，皇后為火所傷，抱病頗重，世宗亦不去省視，後竟病歿。已而世宗又追悼亡後，流涕太息道：「后嘗救朕，朕不能救后，未免負后了。」又要追悔，愈見哀怒無常。乃命以元后禮喪葬，親定諡法，號為孝烈，預名葬地日永陵，這是後話慢表。

且說世宗既遭宮變，並將楊金英族屬，逮誅數十人，遂以平定宮變，敕諭內閣道：「朕非賴天地鴻恩，鬼神默佑，早為逆婢所戕，哪有今日？朕自今日始，潛心齋祓，默迓天庥，所有國家政事，概令大學士嚴嵩主裁，擇要上聞。該大學士應曲體朕心，慎率百僚，秉公辦事」等語。嚴嵩接到此諭，歡喜的了不得，遇事獨斷，不問同僚，內外百司，有所建白，必先啟嵩，然後上聞。嵩益貪婪無忌，恃勢橫行。大學士翟鑾，以兵部尚書入閣辦事，資望出嚴嵩上，有時與嵩會議，未免託大自尊，嵩竟因此挾嫌，陰嗾言官，疏論翟鑾，並劾鑾二子汝儉、汝孝，與業師崔奇勛，親戚焦清，同舉進士及第，營

229

第六十回　邁宮變妃嬪罹重闢　跪榻前父子乞私情

私舞弊，情跡昭然。世宗震怒，命吏部都察院查勘。翟鑾上疏申辯，語多侵及嚴嵩，世宗益怒道：「鑾被劾待勘，尚敢瀆陳麼？他二子縱有才學，何至與私人並進，顯見得是有情弊呢。」遂飭令翟鑾父子削籍，並將崔奇勳、焦清，俱斥為民。一場歡喜一場空。又有山東巡按御史葉經，嘗舉發嚴嵩受賕事，嵩彌縫得免，懷恨在心，適經在山東監臨鄉試，試畢呈卷，嵩摘錄卷中文字，指為誹謗。欲加之罪，何患無辭？世宗遂逮經入京，加杖八十，創重而死。試官周，提調布政使陳儒，皆坐罪謫官。御史謝瑜、喻時、陳紹，給事中王皦、沈良材、陳塏，及山西巡撫童漢臣，福建巡按何維柏等，皆以劾嵩得罪，嵩自是氣焰益橫。世宗命吏部尚書許瓚、禮部尚書張璧，入閣辦事，各授為大學士，嵩看他們不在眼中，仍然獨斷獨行，不相關白。瓚嘗自嘆道：「何故奪我吏部，令我仰人鼻息。」遂上疏乞休，並言：「嵩老成練達，可以獨相，無煩臣伴食」云云。明是譏諷語。嵩知瓚意，亦上言：「臣子比肩事主，當協力同心，不應生嫌，往歲夏言與郭勛同列，互相猜忌，殊失臣道，臣嵩屢蒙獨召，於理未安，恐將來同僚生疑，致蹈前轍，此後應仿祖宗朝蹇夏三楊故事，凡蒙召對，必須閣臣同入」等語。以假應假，煞是好看。兩疏皆留中不報。世宗自遭宮變後，移居西內，日求長生，郊廟不親，朝講盡廢，君臣常不相見，只秉一真人陶仲文，出入自由，與世宗接見時，輒得旁坐，世宗呼

為先生而不名。嚴嵩嘗賄託仲文，凡有黨同伐異的事件，多仗他代為陳請，一奸一邪，表裡相倚，還有何事再應顧忌？不過大明的國脈，被他斫喪不少呢。

既而張璧去世，許瓚以乞去落職，一入閣中，復盛氣凌嵩，既去何必再來？且盛氣如故，不閣，盡復原官。言奉詔即至，嚴嵩竟思獨相，不意內旨傳出，復召回夏言入死何待？一切批答，全出己意，毫不與嵩商議。就是嵩所引用的私人，多半驅逐，嵩欲出詞祖護，都被言當面指摘，反弄得噤不敢聲。御史陳其學，以鹽法事劾論崔元，及錦衣都督陸炳，炳時已升都督。世宗發付閣議。言即擬旨，令二人自陳。二人惶懼，徑造嵩家乞救。嵩搖手道：「皇上前尚可斡旋，夏少師處不便關說，兩位只去求他罷了。」二人沒法，先用三千金獻納夏第，言卻金逐使，嚇得二人束手無策，又去請教嚴嵩。嵩與附耳數語，二人領教出門，即至夏處請死，並長跪多時，苦苦哀籲。言乃允為轉圜，二人才叩謝而出。夏言已中嵩計。嗣因嵩子世蕃，廣通賄路，且代輸戶轉納錢谷，過手時任剝蝕，悉入貪囊，事被夏言聞悉，擬即參奏。有人報知世蕃，世蕃著急，忙去求那老子設法。嚴嵩頓足道：「這遭壞了！老夏處如何挽回！」世蕃聞言，急得涕淚交下，畢竟嚴嵩舐犢情深，躊躇半晌，方道：「事在燃眉，我也顧不得臉面了。好兒子！快隨我來。」真是一個好兒子。世蕃應命，即隨嵩出門駕輿，竟趨夏第，請見夏少師。

第六十回　邁宮變妃嬪罹重闈　跪榻前父子乞私情

名刺投進,好半日傳出話來,少師有病,不能見客。嚴嵩聽著,拈鬚微笑,曲摹奸態。袖出白鐽一大錠,遞與司閽道:「煩你再為帶引,我專為候病而來,並無他事。」閽人見了白鐽,眉開眼笑,樂得做個人情,天下無難事,總教現銀子。一面卻說道:「丞相有命,不敢不遵,但恐敝主人詰責,奈何?」嚴嵩道:「我去見了少師,自有話說,請你放心,包管與你無涉。」閽人及導他入內,直至夏言書室。言見嵩父子進來,不便喝斥閽人,只好避入榻中,佯作病狀,蒙被呻吟。嚴嵩走至榻前,低聲動問道:「少師政體欠安麼?」夏言不應。樂得擺架子。連問數聲,方見言露首出來,問是何人?嚴嵩報明姓名,言伴驚道:「是室狹陋,奈何褻慢嚴相?」說著,欲欠身起來。嵩忙道:「嵩與少師同鄉,素蒙汲引,感德不淺,就使囑嵩執鞭,亦所甘心,少師尚視嵩作外人麼?請少師不必勞動,儘管安睡!」言答道:「老朽多病,正令家人擋駕,可恨家人不諒,無端簡慢嚴相,老朽益難以為情。」嵩復道:「此非尊價違慢,實因嵩聞少師欠安,不遑奉命,急欲入候,少師責我便是,休責尊價。但少師昨尚康強,今乃違和,莫非偶冒寒氣麼?」言長吁道:「元氣已虛,嚴嵩一聽,又遇群邪,早已覺著,群邪一日不去,元氣一日不復,我正擬下藥攻邪哩。」分明是話中有話。世蕃又連磕響頭,驚得夏言起身不及,忙道:「這、這是為著何事,一聲,跪將下去。世蕃又連磕響頭,撲的

快快請起！」嵩父子長跪如故，接連是流淚四行，差不多似雨點一般，墜將下來。好一個老法兒。小子有詩譏嚴嵩父子道：

能屈能伸是丈夫，奸人使詐亦相符。
試看父子低頭日，誰信將來被厚誣？

未知夏言如何對付，請看官續閱下回。

本回以嚴嵩為主，夏言及世宗為賓，內而方後、曹端妃等，外而翟鑾、葉經、許瓚等，皆賓中賓也。世宗與夏言，皆以好剛失之，世宗唯好剛故，幾罹弒逆之變，夏言唯好剛故，屢遭構陷之冤，獨嚴嵩陰柔險詐，象恭滔天，世宗不能燭其惡，夏言反欲凌以威，此皆為柔術所牢籠，墮其術中而不之悟，無惑乎為所播弄也。宮變一節，雖與嚴嵩無關，而世宗因此潛居，使嚴嵩得以專柄，是不啻為嵩添翼。端妃屈死，而嚴氏橫行，天何薄待紅顏，而厚待奸相乎？吾故謂本回所敘，處處注意嚴嵩，餘事皆隨筆銷納，項莊舞劍，意在沛公，觀此文而益信神妙矣。

國家圖書館出版品預行編目資料

明史演義——從討平鄖陽至火毀行宮 / 蔡東藩 著. -- 第一版. -- 臺北市：複刻文化事業有限公司, 2024.08
面； 公分
POD 版
ISBN 978-626-7514-28-3(平裝)
857.456　　113011447

明史演義——從討平鄖陽至火毀行宮

作　　者：蔡東藩
發 行 人：黃振庭
出 版 者：複刻文化事業有限公司
發 行 者：複刻文化事業有限公司
E－ｍａｉｌ：sonbookservice@gmail.com
粉 絲 頁：https://www.facebook.com/sonbookss/
網　　址：https://sonbook.net/
地　　址：台北市中正區重慶南路一段 61 號 8 樓
8F., No.61, Sec. 1, Chongqing S. Rd., Zhongzheng Dist., Taipei City 100, Taiwan
電　　話：(02) 2370-3310　　傳　　真：(02) 2388-1990
印　　刷：京峯數位服務有限公司
律師顧問：廣華律師事務所 張珮琦律師
定　　價：330 元
發行日期：2024 年 08 月第一版
◎本書以 POD 印製
Design Assets from Freepik.com